微阅读
1+1工程
1+1 GONGCHENG 第二辑

绿太阳

汝荣兴

百花洲文艺出版社
BAIHUAZHOU LITERATURE AND ART PRESS

图书在版编目(CIP)数据

绿太阳／汝荣兴著. —南昌:百花洲文艺出版社,
2013.10(2018.12重印)
(微阅读1+1工程)
ISBN 978-7-5500-0785-7

Ⅰ.①绿… Ⅱ.①汝… Ⅲ.①小小说—小说集—中国
—当代 Ⅳ.①I247.8

中国版本图书馆CIP数据核字(2013)第252359号

绿太阳

汝荣兴 著

出 版 人:姚雪雪
组稿编辑:陈永林
责任编辑:赵 霞 杨 旭
出 版:百花洲文艺出版社
发行单位:全国新华书店
印 刷:湖北画中画印刷有限公司
开 本:700mm×960mm 1/16
印 张:12
版 次:2014年2月第1版
印 次:2018年12月第3次印刷
字 数:128千字
书 号:ISBN 978-7-5500-0785-7
定 价:29.80元

赣版权登字:05-2013-340

邮购联系:0791-86895108
网址:http://www.bhzwy.com
图书若有印装错误,影响阅读,可向承印厂联系调换。

前　言

　　以"极短的篇幅包容极大的思想",才能够以小胜大,经过读者的阅读,碰撞出思想的火花,震撼人的心灵。正因为这样,微型小说成为一种充满了幽默智慧、充满了空灵巧妙的独特文体。

　　如果说在二十一世纪的头一个十年,是互联网大大改变了我们的生活,那么在我们正在经历的第二个十年里,手机将更为巨大地改变我们的生活。如今,以智能手机为平台,正在构成一个巨大的阅读平台。一种新的阅读方式正不知不觉地走进大众的生活。一个新的名词就此产生,它便是"微阅读"。微阅读,是一种借短消息、网络和短文体生存的阅读方式。微阅读是阅读领域的快餐,口袋书、手机报、微博,都代表微阅读。等车时,习惯拿出手机看新闻;走路时,喜欢戴上耳机"听"小说;陪人逛街,看电子书打发等待的时间。如果有这些行为,那说明你已在不知不觉中成为"微阅读"的忠实执行者了。让我们对微型小说前景充满信心和期待的是,微型小说在微阅读的浪潮中担当着极为重要的"源头活水"。

肩负着繁荣中国微型小说创作、促进这一文体进一步健康发展的责任和使命，微型小说选刊杂志社推出了"微阅读 1＋1 工程"系列丛书。这套书由一百个当代中国微型小说作家的个人自选集组成，是微型小说选刊杂志社的一项以"打造文体，推出作家，奉献精品"为目的的微型小说重点工程。相信这套书的出版，对于促进微型小说文体的进一步推广和传播，对于激励微型小说作家的创作热情，对于微型小说这一文体与新媒体的进一步结合，将有着极为重要的作用和意义。

编者

2013 年 8 月

目　录

 记　者

"快来救人哪，有小孩落水啦！"

随着人们的惊呼声，只见一位体格健壮的年轻人飞也似的来到了出事地点。

（这是一个炎热的下午。江边，有三个小孩正在追逐嬉戏。突然，跑在前边的那个孩子不慎让脚下的一块砖头绊了一下，摔倒了，而且正好倒在江堤的斜坡处，于是，一股惯性的力量，便推着他滚进了湍急的江流之中……）

他是个记者。出于职业的本能吧，一到江边，他便了解到并在心里记下了这危急的一幕。

（江水奔跑着，嬉笑着。小孩的手，还有他的头发，在江面上一浮一没着……）

记者的腹稿在继续着。然而，他的文思很快就中断了，因为，眼看着那小孩就要叫无情的江水给吞噬了……他不禁焦急地转身望了望身边正越聚越多的人，真恨不得伸手推几个到那江里去，让他们把小孩救上来！

（正在这千钧一发之际，只见一位骑车路过的瘦弱的姑娘，顾不得停稳她的自行车，一纵身，便如矫健的跳水运动员那样，跃入了江中。）

刹那间出现的转机，终于让我们的这位记者稍稍松了口气。

（呵！这位姑娘的游泳技术其实并不高，一个浪打来，她呛水了。但是，也不知是从哪儿来的力量，她拼命地、艰难地朝着那小孩游着，终于，她游近了那个差不多已无力挣扎的孩子……）

这时候，我们的记者的眼睛模糊了……

（落水的小孩就这样得救了。那位浑身水淋淋的姑娘，却没有留下她的姓名，便又悄然骑着她的自行车向前了……）

这篇来自现场的新闻稿，很快就由腹稿变成了文字稿，送到了报纸的编辑部，而且，总编很快就将它签发了……

　　此刻，从编辑部出来的我们的这位记者突然感到了一阵燥热，于是，他就"扑通"一声跳进了编辑部门前的江中，痛痛快快地洗了个澡。

　　"哦，你这家伙要是去参加奥运会，准能获得游泳冠军呢!"看着他在江水中灵活自如地钻下跃上的姿态，一位同事忍不住这样由衷地赞美道。

床的摆设

对于家里那张床的摆法，妻子和丈夫的意见截然不同——妻子要横着摆，丈夫要竖着摆。

只有横着摆，房间才会显得宽敞舒适呢。妻子说。

只有竖着摆，床与别的家具才会显得和谐一致呢。丈夫说。

所以妻子坚持要横着摆。

所以丈夫一定要竖着摆。

两种意见就这样相持不下，各不相让。

于是便形成了这样一种局面：妻子在家时，就吭哧吭哧地将床摆成横式；而要是丈夫在家，便会不声不响地把床摆成竖式。

这样似乎解决了矛盾。

但问题显然还是有的：两人都在家怎么办？

没错，两人都在家时便争吵——有时是唇枪舌剑，有时是拳来脚往，反正是一个死拉住床脚要横摆，一个硬抓着床沿要竖摆。

结果，那原本很结实很牢靠的床，便被夫妻俩你争我夺得骨散筋松了。

且苦了他们那三岁的儿子。

三岁的儿子常常面对爸爸妈妈的争吵手足无措。

三岁的儿子常常只能以泪洗面。

不过，三岁的儿子又绝不是一个笨儿子。

这不，当三岁的儿子终于弄清楚了爸爸妈妈争吵的原因后，他就结结巴巴又干干脆脆地提了这样一个建议：那，就，斜，着，摆，嘛……

听了儿子的话，本来正准备再一次为床的摆设大打出手的妻子和丈夫，便忽然都一下子"放下屠刀，立地成佛"了，并都不由自主地将目光定格在了儿子的脸上。

儿子的脸天真无邪明白如镜。

于是，做爸爸妈妈的就在儿子的脸上看出了自己没有失败的意思来。

然后，他们便化干戈为玉帛，一齐动手，照着儿子的建议将那张床摆成了不横又不竖、其实又是不三又不四的斜式，而且从此再也没有变动过。

到底没按他的意思呢。望着那张摆成斜式的床，妻子常常会这样欣慰地想。

这毕竟不是她的办法呢。每每躺在那张摆成斜式的床上，丈夫总要不无快意地如此感慨。

是的，原本针锋相对的两种意见，就这样你乐意我开心地统一起来了。

 # 悔不当初

"昨天你们谁向楼下扔了一个墨水瓶?"

领导一进门,就向办公室里的赵、钱、孙、李四人提了这样一个问题。

李便抬起头下意识地将目光横向了赵。

墨水瓶是赵清理自己的办公桌时随手扔下去的,李亲眼所见,钱、孙当时也在场。

可赵却说:"我没扔。"

钱则说:"我不知道。"

孙也说:"我没看见。"

钱和孙是赵的好朋友。

这样,领导便将目光朝李扫来。

李就觉得很是好笑:那墨水瓶不是你赵扔的?你钱竟不知道、你孙还没看见?那么,只能是我扔的了?

李同时还感到很是好气:有这样的人!堂堂七尺男子汉,竟像个女人,甚至连女人还不如!至于朋友,这样就算是真朋友么!

一笑之余,一气之下,李就对领导说:"哦,那墨水瓶是我扔的。"

虽然这事由领导亲自过问,似乎显得很不一般,但李倒想看看:由我承担了本不该我负的责任,你赵会不会感到内疚!

可赵只是若无其事地看了李一眼。

钱和孙的目光里,则似乎都在暗骂李是个傻瓜。

这时,领导却过来一把握住了李的手,说:"好样的,李,你可立了一大功呢!"

"什么?!"

原来,昨天,那墨水瓶扔下去,正好落在了一个拒捕的罪犯的头上,

那罪犯因受墨水瓶意外的一击而放慢了逃窜的脚步，结果就让公安人员抓住了……

这样，扔墨水瓶就成了一个英勇的举动，有关部门已将一个荣誉证书和一笔奖金送到单位里来了呢。

这事实在是有点儿离奇了。如此这般离奇的情节，使得处在故事之中的赵、钱、孙、李四人也都感到非常的意外。

但李是不会接受那荣誉证书和奖金的。我只不过是想看看某些人的表演而已，我哪里想得到其中还有着这样的一个巧合呢！

于是，李就对领导说道："其实，那墨水瓶不是我扔的。"

李却没有接着说墨水瓶是赵扔的。这一回，李还想看看赵是如何表演的。

赵当然显得很懊悔。这有他满脸悔不当初的神情为证。

钱和孙这时似乎都准备开口说话了，但叫赵的眼神给制止了。

赵当然是个聪明人。赵懂得出尔反尔是不太好的。

结果，那荣誉证书和奖金，便因无人认领而退回给了有关部门。

不过，事后人们却都听到了这样一种说法："那李可真不是个东西，竟想贪人之功为己有！"

这同时，人们又都听说：那墨水瓶实际上是赵对准了那罪犯的头扔下去的，赵甚至在扔那墨水瓶的时候还向那罪犯猛喝了一声"站住！哪里逃"！当然，赵可是一个非常高尚的人，他甘愿做一个无名英雄……

不用说，上面这些说法，当然是经了"证人"钱和孙的嘴流传开去的。

也不用说，李从此以后的日子，便因他的"贪人之功为己有"而过得很是艰难，因此，他也就颇有那种悔不当初的感觉了。

陌生的城市

那见面实在太让人意外又太叫人欣喜了。

"咦，这不是眼镜蛇吗?"

"哈，东北虎!"

就这样，他俩在D市那条最繁华的大街上意外而又欣喜地相逢了。

于是，不顾众目睽睽和自行车铃的大声抗议，他俩便在那大街上拥抱了足足有三分钟之久。

三分钟似乎能弥补那五年的别离。而五年的别离，又怎能隔断四年的同窗共读之情!

东北虎："咳，我只听说你在D市，却一直不知道你的具体地址呢。"

眼镜蛇："哦，五年了，以及过去整整五年了，可你东北虎还是那个东北虎的样子啊!"

两人就都禁不住朗声大笑了起来。

接着就你问我的近况、我问你的境遇，当然还会问及别的一些同学的情形……

末了，眼镜蛇便拉着东北虎的手："哦，还傻站着干嘛，走，上我家去!"

"可我的事还没办完呀，这不，我这正跟人约好了要去办呢……"

"那……那你晚上来我家吧!"

"好，一言为定!"

"一言为定!"

于是，眼镜蛇就写下自己的住址给了东北虎。

东北虎便很小心地将那字条藏进了自己上衣的内袋。

接着，两人又"你可一定要来呀"、"你可一定得在家等着哟"地叮咛嘱咐了一番。

然后，两人各自朝对方的肩头擂了一拳，就依依分手了……

东北虎很顺利地办完了他要办的事。匆忙地在食堂里吃了四两米饭，接着又去食品商场买了四盒"娃哈哈"——眼镜蛇这小子倒先我做起爸爸来了呢——然后，东北虎便哼着愉快的小调，上了去眼镜蛇家的路。

城市很陌生……

东北虎好不容易找到了眼镜蛇的家。

"眼镜蛇！眼镜蛇！"

脚刚踏上楼梯，东北虎就如同当年进寝室一样地大声吆喝了起来。

静悄悄的没有回音。

东北虎就低头又看了看手里的字条，确认自己没有走错，便犹犹豫豫地敲响了二楼一单元的房门。

"谁呀？"门开了，探出来一个白发苍苍的头。

"这是眼——噢，这是李永夫的家吗？"

"是呀，你是……"

"哦！永夫他在吗？"

"他们三口子看电影去了呢，你是哪位呀？"

"我是东——噢，伯母，我是永夫的同学，叫张其华。"

"哦，下班回家后倒是听永夫说起过你的。可他说你是肯定不会来的呢。"

"怎么会呢？那可是我当初跟他约定了的呀。"

"我也告诉永夫他是应该在家等你的，可他却说什么这样的事他经历得多了……唉，如今的人哪！"

"……"

"对啦，其——其华呀，你进来坐坐吧，他们也该看完电影了呢。"

"噢——喔——哦——不啦，伯母，我——我走啦……"

就这样，东北虎离开了眼镜蛇的家。

就这样，东北虎一只手攥着一张字条，一只手拎着四盒"娃哈哈"，很是迷茫地走在那陌生的城市里……

典 型

　　年终时单位里评先进，根据上级有关文件的规定，按照单位在编人数的比例，先进应为五人。

　　然而，经过群众广泛提名，最后无记名投票的结果，却产生了六人。

　　事情是这样的：那六人之中，最后的两人——张三和李四——得票数是一样的。

　　便有人提出来：既然张三和李四得票数相同，先进评六人就算了嘛。

　　但单位领导不同意，说：这可不是多评一个人的问题，这关系到评比先进的严肃性呢！

　　为此，单位领导班子专门举行了一次会议，讨论研究张三和李四到底谁更合乎先进的条件，更有当先进的资格。

　　会议是在非常严肃的气氛中进行的。讨论研究围绕着两人的先进事迹展开了——张三和李四既然能得到群众的相同选票，当然都是有先进事迹的。

　　不过，说出来很巧，两人最有代表性的先进事例，竟是在同一件事情上表现出来的——

　　有一段时间，单位的一处水管坏了，那地方便整日里滴滴嗒嗒的漏水。见此情形，张三就在那漏水处放了个水桶，去接那些漏下来的水，然后又将接来的水送到食堂去用。

　　嗨，这可是于细微处见精神呵！群众因此而投张三的票，理所当然。

　　就这样，张三坚持着接了一个星期的漏水。后来，从外地出差回来的李四，也发现了那漏水处。于是，如此这般看了几眼以后，李四便去总务处找来了扳手之类的工具，三下五除二，就将那漏水的水管修好了。

　　噢，李四的所为，确实也是值得赞扬的嘛。

　　现在的问题是：张三和李四，究竟哪一个更典型呢？

会议室里烟雾缭绕。单位领导们的讨论研究已到了最后拍板定夺的阶段。

这时，单位第一把手开口了：依我看嘛，虽然张三和李四都在水管问题上表现了一种先进的精神，但比较而言，张三的精神更加典型，也更加难能可贵——想想吧，张三能在整整一个星期的时间里坚持着这么做，而李四不过是花了三五分钟时间罢了嘛！

第一把手的话很快得到了热烈的反应。单位的其他头头脑脑们都认为第一把手所言极是，因而便都支持和赞同第一把手的意见。

看似难解的题目这就有了答案。张三便被评为先进。

这样，单位领导们原本很严肃的脸上，就都露出了很轻松的笑意。

不过，先进名单公布以后，特别是在最后定夺的内幕传出以后，单位里有个小青年，却说了这样的一句话：这种看待典型的目光，可也真算得是一种典型呀！

对此，有很多人不大明白：小青年这话是什么意思呢？

教授的烟盒

现在已经很少见得着抽烟的人在用那种金属烟盒了。

不过，平教授的上衣口袋里却依然时时放着他的那个烟盒。对啦，这个在口袋里样子很像一个鼓鼓的钱包的烟盒，还是平教授父亲唯一的遗物呢。而平教授之所以还一直用着它，一则是为了纪念亡父，二是它十分实用——平教授不仅用它装香烟，就连自己的工作证也常夹在里面呢。

这天，平教授上班进了办公室后，便一边铺开稿纸准备继续写他的那篇论文，一边习惯性地想点上一支烟以助文思，可他一摸上衣口袋，竟发现里面是瘪瘪的了！

于是，手忙脚乱地找了一阵后，平教授最后便不得不下了这样的判断：这烟盒是被人摸走了！

不用说，那准是乘车来上班时被人摸走的。因为，平教授记得很清楚：在公交车站等车时，他还从这烟盒里掏过一支烟出来抽呢。

唉……平教授自然要为这烟盒的失去有些心疼。虽然里面的工作证什么的在如今其实已没啥用场，里面所剩的八支香烟（平教授记得很清楚是八支），也不过是那种很便宜的"西湖"牌而已，可这烟盒毕竟是父亲的遗物呀。

当然，丢则丢矣，平教授后来也就不怎么再将这烟盒的事放在心上了。他可是有许多的课题要做，有不少的论文要写呢。不过，此后在与朋友闲谈时无意中提起这事时，平教授倒是总忍不住要为那摸他这烟盒的小偷叫冤——唉，那小偷可能绝不会想到自己摸着的竟是这样一个不值钱的东西吧！说不定呀，他在将这烟盒一扔了之的同时，还要骂我句穷光蛋什么的呢！

不过，那小偷事实上却并没有将平教授的烟盒一扔了之。后来的一天，正当平教授差不多已将这烟盒要彻底忘记了的时候，他却很是意外地收到了一个没有寄件人姓名地址的邮包，拆开一看，竟是他的那个烟盒又物归原主了！而再打开这烟盒一瞧，只见不仅那工作证还在，而且就连那八支香烟也居然一支没少呢……

哦，看来那小偷多少还有着点儿人性呢。手捧着这烟盒，平教授就不由得书生气实足地感慨了起来，同时，他还习惯地随手从里面取出一支烟抽了起来。

可谁知道，这第一口烟抽进去，平教授便被呛了个眼泪横流！待他将那支香烟细细一看，竟发现它根本不是自己已抽习惯了的"西湖"，而是一支"中华"！于是，平教授又将这烟盒中的其它七支香烟一一检查了一遍，便看到它们原来是清一色的一支要值好几块钱的"中华"！这同时，平教授还发现了放在这几支香烟下面的一张小纸条，这张小纸条上写着这样一段话——

对不去（起）毛（冒）犯了先生。我元（原）以为他（它）是个钱包呢。现在我把他（它）记（寄）回给你。又因为见生（身）为堂堂教受（授）的先生抽的只是那么便义（宜）的西湖烟，所以我就给你唤（换）上了同样数量的中华牌，一是请你床（尝）个新先（鲜），二是也算表示我对先生的欠（歉）意……

这?！此时此刻，面对着这张错别字连篇的小纸条，再看看那几支香烟，平教授的心情便不禁比发现这烟盒被摸走了时还要不好受了……

猫　性

某曾偶遇一猫于路途。虽见其骨瘦如柴，羸弱不堪，且庶几乎奄奄一息，因念家中鼠害甚烈，遂抱归之。

既抱之，则养之。某不惜代价，一日六餐，顿顿以小鱼小虾之类食猫，虽身用酱瓜腐乳而不息，亦不悔。如此，时不过旬，猫则脱胎换骨一般，其身壮，其色艳，其神威，其"喵喵"之声见闻于一里之外。

某甚喜，亦甚慰，曰："余得以'拜拜'于鼠害矣！"

果然，一月之内，某家中已断鼠声，绝鼠影。

自此，某乃高枕无忧，待猫亦日渐冷漠，更不再食之于小鱼小虾矣。某曰："余患已除，小鱼小虾理当自食哉！"

然则，某食之未咽，乃有"吱吱"之声响于头顶。某仰首而望，但见绿豆似光亮两粒，正闪烁于梁间。

鼠辈尚在?! 某不禁惊而哽喉，旋即驱猫捉鼠。猫则双目定定然紧盯桌上之小鱼小虾，任凭某左呼右赶，却一律做懒得动之状。

无奈，某只得请猫上桌，任其夺己口中之味。而待鱼虾落肚，猫乃"喵喵"两声，梁上之绿豆光亮遂迅速匿迹。

于是某更惊，斥猫曰："食余鱼虾，何以仅以声吓鼠，而不坚决、干净、彻底消灭之？"

猫答："老鼠消灭之日，亦余挨饿之时也。余不忍。"

闻此言，某不由破口大骂猫为骗子，并怒曰："不忠不义之东西！尔良心何在？又猫性何在？"

是时，猫一边悠悠然以脚洗面，一边振振有词而驳："君言极是。然而，尔又良心何在？人性何在？用余之时，将余视为上宾，且认余做父亦甘心；一旦不需，则视作累赘，仿佛本猫乃多余之物——将心比心，货真价实之骗子，非君莫属也！"

言毕，猫已呼呼睡去。

某怒不可遏，遂操案上之利刃一柄，欲置猫于死地。顾念家中鼠害未除，又只得作罢。无可奈何之中，某不由恨恨而叹："该死之猫，何以狡猾如此！"

此时此刻，猫则于睡梦之中喃喃而曰："前事不忘，后事之师。"又道："尔虞我诈，何时休之乎哉？"再呼："还余食鼠之本性！"

狗捉耗子

尝有一猫一狗，同事于一主人。猫捉老鼠狗看门，主人因此家安室宁。

话说狗乃好动之畜生，看门之职闲适寂寞之极，狗便不甘无聊，常与猫做伴，谈天说地，论山海之经，甚而学得捉鼠之一技半术。猫亦欣喜。遂相互称兄道弟，关系甚密。

一日，有硕鼠偷吃主人柜中之粟。其时，猫兄狗弟正大谈特谈生儿育女之事。

闻其声，狗惊呼有鼠！猫亦不敢怠慢，旋即横眉竖目，胡子直立，继而一蹿而前，封鼠穴，以绝其退路。

硕鼠见状，自觉大事不妙，乃弃粟而走。猫驱之不舍。狗则尾随之。

审时度势，硕鼠知已无从返穴，则干脆逃至室外。

室外有河。眼见猫爪几乎及身，硕鼠灵机一动，乃"扑通"跳水。

面对突然变故，猫惊而驻足，望河兴叹，暗中大骂硕鼠狡猾之至。

正当此时，忽闻"扑通"之声又起，但见狗已跃身入河。狗虽不甚谙熟水性，然仗其两下子"狗爬式"，关键之时，便置生死于度外，拼老命捉鼠。

其时，硕鼠正为侥幸逃脱猫爪而沾沾自喜，且自鸣得意，不料让狗爪猛然一击，遂昏昏然为狗嘴叼至岸上……

主人闻之，大悦。乃召猫狗于眼前，声称论功行赏。

狗自觉劳苦功高，遂趋前申请主人嘉奖。

主人以为然，备以肉骨三根，欲为狗授勋。

然猫大呼"且慢"，曰："捉鼠之功，安有授狗之理？依表面而言，硕鼠诚为其所擒。然则，非吾穷追，硕鼠能仓皇跌身入水乎？狗之行为，只不过抢本猫之功劳而已！再者，狗之职责乃看门，擅离岗位而瞧别处热闹，若有窃贼乘虚来犯，后果岂非不堪设想乎？"

主人闻之，不禁愕然。思之，猫言极是。遂一改初衷，转而赏猫鲜鱼三尾。

至于狗，主人厉声而言："尔渎职在先，本该禁闭三日，姑念尔初犯，暂且不咎。下不为例！"

呜呼！狗情不自禁，不由呜呜而咽……

自此，乃有"狗捉耗子多管闲事"之俗言警世。

《辞海》缩印本

这天，市新华书店的女营业员遇上了一个特殊的顾客——

"我要买本书。"顾客说。

"你要哪本？"女营业员问。

"我不知道。"顾客答。

女营业员就有些纳闷了也有些生气了，便说："你开什么玩笑？！"

但顾客却非常认真地说："不不不，我不是开玩笑，我是真要买书呢。"

然后，顾客挠了挠头皮，告诉女营业员："我……就买一本最厚的书吧。"

女营业员于是就有些不大情愿地将书架上的一本《辞海》缩印本扔给了顾客。那当然是最厚的书了，有2214页呢。

顾客对这书似乎很满意，付了钱还朝女营业员说了声"麻烦了"，便走了。而望着那人的背影，女营业员却不禁在心里暗自骂了起来："神经兮兮的！"

其实，那顾客可根本不是"神经兮兮"的人。他名叫阿福，是一个相当精明的生意人，据说他手头少说也赚有几百万呢。

当然，对于阿福的买书，就连常来阿福家喝咖啡、搓麻将、看录像、跳迪斯科的他的那些朋友也都大惑不解，纷纷说："怎么，哥们也充起斯文来啦？"

对此，阿福不露声色地笑了笑，又下意识地望了一眼已被他丢在那套豪华型组合家具的顶部的书，说："或许用得着嘛。"

不过，谁也没有看见阿福真的"用"过那本《辞海》缩印本。事实上，阿福又哪里用得着这本书呢？对他来说，只要认识钞票上的数字，只要能在有关的单据上写出来自己的名字，就万事大吉了呢……

这天，阿福带着娇妻外出避暑回来，开门进屋，扑入眼帘的竟是一片狼藉：室内所有的锁都被撬了，所有能翻的东西都被翻过了，衣服杂物被扔得满地都是……

见此情形，妻子不禁大惊失色，一边"哇"的一声哭嚎起来，一边就扑向电话机，要报警。

但阿福上前制止了妻子。他抬起头瞄了一眼组合家具的顶端，脸色便平静了下来。然后，他就搬来一个凳子，一脚站了上去，将家具顶部的那本《辞海》缩印本拿到了手里，又"哗啦啦"一翻，接着便告诉妻子："在，都在呢。"

真的，那整整五百张百元面值的钞票，以及那两张各为五十万元的银行存折，都安然无恙地在书中夹着呢！

事后，阿福就不无得意地对他的朋友们说道："我说过的嘛，这劳什子书还真的用得着呢！"

至此，阿福的朋友们也终于对阿福买书的目的恍然大悟了，便纷纷说："是啊，谁都知道书是现如今最不值钱的东西，可小偷哪里会想到你老兄却是精明透顶呢！"

天要下雨

小周忽然发现办公室里的光线一下子暗了下来。

小周便抬起头，眼睛下意识地朝窗外的天空望去。

"哦，天要下雨啦！"看到天空中骤然积聚起来并正越压越低的乌云，小周不禁脱口叫出了声来。

可小周的叫声立即引来了同事老周的不满。老周道："别瞎说。"

"真的呢，这天很快就要下雨了！"小周当然不承认自己是在瞎说，就一边继续望着窗外那乌云密布的天空，一边又这样强调了一句。

老周于是更不满了，说："放心吧，今天绝对不会下雨的。"

"你来看看这天嘛。"见自己的强调根本没起作用，小周便动员老周过来眼见为实。

但老周甚至连头都没有抬一下。老周似乎懒得抬头，又好像抬头完全是多余的，说："告诉你，我听过今天的天气预报，天气预报根本没说今天要下雨！"

小周这回终于没话了——老周信天气预报胜过信自己的眼睛，这还有什么可说的呢？

于是，暗自摇了摇头后，小周便"啪嗒"一声打开了办公室的日光灯，然后就不声不响地回到自己的办公桌那边继续工作了起来。

这以后，到了临近下班的时候，办公室的窗玻璃上便响起了"噼里啪啦"的声音。

"这不，天真下雨了呢。"这回，小周又忍不住开了口。小周还同时在想：老周呀老周，到底是我瞎说呢，还是你那天气预报在瞎说呀？

然而，老周却依旧连头都没有抬一下。不错，老周也听到了窗玻璃上的"噼里啪啦"声，但他仍然这么坚信着："放心吧，那不过是几滴云里雨罢了，很快就会停的——天气预报根本没说今天要下雨呢！"

老周居然还在唠叨他的天气预报！小周便不仅又摇了摇头，还不由得暗暗笑了起来。

这时，下班的电铃响了。

小周就赶忙收拾好自己办公桌上的东西，然后张罗着跟人借雨具去了。临走，小周还向老周招呼说："老周，借到雨具我俩一起走吧。"

可老周拒绝了小周的好意，回答说："不啦，还是你先走吧。"

老周心里同时在说："看看，现在的小青年就是这样，一见风吹草动，便会惊慌失措，根本就不知道什么叫冷静，什么叫镇定自如！"

当然，老周自己就显得十分的冷静和镇定自如——在小周走后，任凭窗玻璃上那"噼里啪啦"的雨声响个不停并越来越响，他就是继续没去看窗外一眼，同时继续坚定地相信：天气预报都没说今天要下雨，这雨又怎么会下得长呢？

老周决定呆在办公室里，等那几滴云里雨下过之后再回家。

只是，后来，据说因那云里雨根本就没有要停的意思，而且天都快擦黑了，又打不通要老婆送雨具来的电话……没办法，老周最终就只得落汤鸡似的回了家。

结果，老周第二天便没来办公室上班，感冒了。而当小周前去看望他时，他还一边打着惊天动地的喷嚏，一边这样怨声载道："嗨，这天怎么搞的嘛，天气预报都没说昨天要下雨，它却偏偏下得热闹，还居然下个不停！"

皇帝的指甲

事实上，那个皇帝早已经死去三百年了。

但那个皇帝至今还活着。

活着的，是那个皇帝的一截指甲。

那截皇帝的指甲是张三发现的，说得更具体一些，是张三在乔迁新居的过程中发现的。

对啦，说起张三，你可能并不认识。不过，张三的爷爷的爷爷的爷爷……你一定有点印象——张三的这个十八代祖宗名叫张负十。没错，就是那个在什么什么皇帝身边做过贴身保镖的张负十。

哦，我们还是接着说张三吧。

张三在乔迁新居的过程中发现了那个皇帝的一截指甲。那截指甲装在一只小木盒里，张三是从旧居墙角的那堆陈年破烂中见到这个小木盒的。小木盒在掸去灰尘后显得相当的精致。当时，张三的心不禁在刹那间跳成了激越的鼓点——张三觉得，这么个精致的小木盒里，一定藏着叫他的孙子也能享一辈子清福的什么宝贝！

张三就两手抖抖地弄开了那个小木盒。

接着，张三又两手抖抖地翻开了盒中那十八层的稠布包装。

可结果却令满怀着美好希望的张三大失所望——那十八层的稠布包装的内核，竟是一截早没了指甲颜色的劳什子指甲！

张三便气得接连着吐了三口"呸呸呸"，然后就打算在那截劳什子指甲上踏上一脚。

也就在这时，站在一旁的张三的儿子张四突然说了声："且慢！"

原来，有着高中毕业文凭的张四，在那第十八层稠布上看到了他父亲的爷爷的爷爷的爷爷……就是那个在什么什么皇帝身边做过贴身保镖的张负十留下的这样一段文字：这里包着的，是吾皇万岁万岁万万岁所赐的他老人家的指甲！

于是乎，就像是平地里响起一声炸雷六月天下了场鹅毛大雪——不得了啦！真的是不得了啦：那截已全然没了指甲颜色的皇帝的指甲，便骤然招引来了看稀奇瞧热闹的人山人海，与此同时，当地从上到下的电话，一时间就成了一条热线，牵动千里之外的几辆高级轿车，以最最最快的速度开进了这个还没有通上公路的小村庄……

后来，那截皇帝的指甲就连同那十八层绸布和那个小木盒一起，也堂而皇之地坐进小轿车，去了一个人人敬而仰之的大都市，并被安放在了一间配备有当今世界上最高级最先进的防盗装置的小房间中。

这同时，实在是连做梦都不会想到，张三家竟因此获得了整整三万元！当然，那叫奖金，是有关部门发放的奖金。这笔奖金，使得张三的儿子张四的婚礼气派非常——此乃后话。

不用说，在接受那笔奖金的时候，张三的两手又是抖抖的。

也不用说，人们对那个什么什么皇帝，就又肃然起敬了——不是么？早已经死去三百年了的皇帝，凭着他那截劳什子指甲，竟还能跟他活着时那样的风光呢！

于是，有人便不由自主地要这样日思夜想：做皇帝多好呵！当然，就是做个皇帝的保镖也不错，就像张三的爷爷的爷爷的爷爷……那样，连他孙子的孙子的孙子……也都能从他那儿得到好处呢……

梅老师

天是突然之间暗下来的，而且暗得仿佛夜晚一下子降临了似的。

其实，那时候才下午三点钟，下午第二节课上课的铃声响过才不过五分钟。

实际上，这些天一直在下雨，教室外面的天空一直都是灰蒙蒙的。据说，这些天的雨量还是当地二百年来所未曾有过的。而此时此刻，随着那天的突然暗下来，远处又传来了呼呼又隆隆的声响。那呼呼的显然是风声。可隆隆的却并不是雷声，而是——是房屋的倒塌声！

呵，莫不是来了龙卷风?!

猛然意识到这一点的时候，正在组织学生作期末考试复习的梅老师，不由得心头一惊又一颤。梅老师深知那龙卷风的残忍——在她20岁那年，也是在这样的季节，也是这样的一阵声响，不仅把梅老师家的三间瓦房在顷刻间变成了一片废墟，还夺走了梅老师母亲的生命……

于是，梅老师当机立断，立即改口向她的学生命令道："全体起立！不准收拾任何东西，大家马上按座位先后顺序跑出教室！"

学生们一时并没有反应过来，大家你看看我，我看看你，不知究竟发生了什么事情。不过，很快地，教室外那越来越响的呼呼又隆隆的声音，以及那"龙卷风来啦！龙卷风来啦"的叫喊声，终于将这些半分钟前还在专心致志地听着课的十二三岁的孩子给惊醒了。于是，怀着恐惧，也怀着那种求生的本能，孩子们都慌了，乱了，就纷纷哭叫着向教室门口涌去……

这时候的梅老师不禁也慌了。但她并没有乱。她清楚地知道，孩子们这样争先恐后地涌向门口，最终的结果，只会造成教室这条唯一的出路的人为堵塞，从而……啊，那实在是太可怕了！

于是，梅老师便一大步上前，把守住教室门口，同时，她就嘶哑着嗓子，再次向学生们命令道："听着！按次序！谁也不准挤！谁挤谁就最后一个出去!"

老师犹如军队里的将军。随着梅老师的声音响起,教室里便一下静了许多,那乱糟糟的局面也得到了控制——孩子们虽然免不了还要你推我、我拥你,可到底是谁也不敢再使劲往前挤了。

那呼呼又隆隆的声音已越来越近,越来越响。学生们一个连着一个,在有秩序地朝教室外撤离着……

突然,原本排在教室最里边那个组的一个长得圆头圆脑、很是健壮又很是漂亮的小男孩,似乎有些等不及了,又似乎有着充分的理由,只见他一下窜上前来,并很快就钻到了梅老师的腋下,眼看着就能挤出门去了。

但梅老师却在这时一把拉住了这个一只脚已伸在了教室门外的小男孩,同时狠狠地将他往自己身后一拽,说:"你!你最后一个出去!"

小男孩不禁抬起泪眼望了望梅老师。其他的学生这时也都将目光集中到了梅老师的脸上。但梅老师似乎根本没看见这一切,只顾继续用嘶哑的声音喊着:"听着!按次序!谁也不准挤!谁挤谁就最后一个出去!"

这时,那呼呼的风声已近得差不多可以伸出手摸到的了,那隆隆的房屋倒塌声,则几乎就在隔壁响起来了……

终于,全班45个学生中的第44个,也已经双脚跨出教室的门槛了。于是,梅老师连忙拉过来一直站在她身后的那个小男孩,并用力将他往外一推……然而,时间就在这一刻停住了!天地就在这一刻合并了!于是,随着一声闷闷沉沉的巨响,只听见44个声音在同时呼叫——

"梅老师——"

"小刚——"

梅老师睁开眼睛的时候,已是第二天的下午。

梅老师睁开眼睛的时候,齐刷刷站立在她病床四周的44个孩子,异口同声叫了起来:"妈妈!"

听到这一声呼叫,浑身上下都裹满了绷带的梅老师,不由得伸出抖抖的双手朝四周摸索着,同时用颤颤的声音寻找着:"小刚,我的小刚,你在哪里?"

回答梅老师的,便又是44个孩子那带着哭腔的同声呼叫:"妈妈……"

梅老师是妈妈。

妈妈是梅老师。

红　灯

红灯！又是红灯！

阿卫不得不猛地握紧了自行车的刹车把，同时，他不由得下意识地抬腕看了看手表，还暗暗又恨恨地骂了声"他妈的"！

阿卫此刻正在去火车站的路上。他要赶10点20分的234次列车，去赴异地的女友的约会。

本来，阿卫计算得好好的：从家到火车站是10分钟的自行车路程，途中要经过10个路口，就算它一半会遇上红灯，则需5分钟，到车站后存放自行车花上2分钟，这样共需19分钟。因此，阿卫是在邻居家那一天到晚都开着的收音机里响起10点钟的报时声时上的路。阿卫觉得他的这一安排很合乎现代生活的时间原则。然而，现在路途刚好过了一半，时间却已用去了整整10分钟——原因是他所经过的5个路口全遇上了红灯！

真他妈是活见鬼了！

阿卫心里不禁有些焦急起来。他甚至都动过"潇洒闯一回"红灯的念头。但他很快又自我克制住了。他知道这座城市的交警的态度简直比红灯还要红灯。因此，他现在惟一能做的，便是耐心等待。

漫长的一分钟。

好不容易看到前方的红灯在眨眼了，好不容易又可以叫屁股底下那两个轮子滚起来了……可是，可是居然又是红灯亮了！

阿卫就又一次猛地握紧了自行车的刹车把，又一次抬腕看了看手表，接着便又一次骂了声"他妈的"。

然后，屁股底下那两个轮子终于又可以滚动了。

然后前方的红灯又亮了。

然后……说来也真的是活见鬼了，那10个路口，阿卫竟一个不漏地全遇上了红灯！而且还差不多全是在他的车轮刚要接近那斑马线时，这该死的红灯就不迟不早地亮了起来！

过了最后一个路口，阿卫便没命似的蹬起车来。到了车站广场，将自行车朝存车处的角落里胡乱一推，阿卫就直冲候车大厅，直冲检票口。

但是晚了。检票口的大门恰在这时"砰"的一声关上了，与此同时，站台那边，随一阵急促的铃声响起，便传来了先缓后急、由近及远的"咯隆咯隆"的声响……

回家的路上，阿卫忍不住幽幽又忿忿地骂了一千遍的"我操你妈的红灯"！

然后，进了家门的阿卫便茶饭不思，直到邻居家的收音机里传来下午一点钟的报时声时，阿卫还在呆呆地望着自己手里那张已作废了的车票发怔：5 车厢 48 号座。唉，要不是那该死的红灯，此刻我正在……

就在这时，邻居家的收音机里忽然传出来这样的新闻："本台最新消息：由本市始发的 234 次列车，在途经市郊九号桥时发生特大车祸，据悉，其中 5 车厢的伤亡最为严重……"

什么?！

听到这一消息，阿卫一时吃惊得将嘴巴张成了鸡蛋的模样。然后，他便发疯似的冲出家门，奔进附近一个公用电话亭，语无伦次地对异地的女友道："谢谢！谢谢红灯！谢谢……"

# 等待敲门

屋子里亮着一盏台灯。

橘黄中泛着粉红的柔和的灯光，婕正端坐在自己的床头一针一针地结着毛衣。可不知怎的，结着结着，婕总要结错，不是将应该朝上挑的那一针往下扣了，就是在不该跳针的地方跳出了一个不大不小的洞眼来……

婕便显得很有些无奈。于是，她就只得不时地将那些结错了的地方拆掉再重结，这同时，她的眼睛会不由自主地瞄向那扇房门。

房门紧闭着。

但这房门事实上并没有上锁。

真的，结毛衣不过是婕的一种掩饰，或者说只是她正在做的一个下意识的动作，此时此刻，她全部的心思实际上都是在等待敲门。

对啦，婕今年23岁。不用说，婕是个美丽无比的女孩——她所到之处，背上总会贴满那些仰慕又渴望的眼睛。不过，婕现在所等待的，倒并不是所有那些长着仰慕又渴望的眼睛的人都来敲她的门。不，婕绝不是那种喜欢"博爱"的女孩。婕早已经情有独钟。婕的眼前和心里，始终满是跟她在同一个单位工作的茂的身影。

说句实在话，论长相，茂算不上是跟婕这个"白雪公主"相般配的"白马王子"。但茂的才情和气质足以弥补他长相上的先天不足。而且，在所有投向自己的目光中，婕也分明感到茂的目光是最热情和最强烈的。因此，婕便相信茂总有一天会来敲她的门的，而只要是茂来敲门，她无疑会……

于是，每当夜幕降临之后，婕就总会端坐在那橘黄中泛着粉红的柔和的台灯光里，结着她那件似乎是永远都结不完的毛衣。

日子就这么过去了一天又一天。婕那扇一直都没有上锁的房门，却

始终是静悄悄的——哦，茂呀茂，你为什么……

婕也曾想过，或许应该在哪一天下班的时候，给茂一个什么暗示。只是，真有了那可以给茂暗示的机会时，婕却又忍不住要对他昂起头颅，做出来一副高傲的样子——在婕的感觉中，女孩子还是"内向"一点好。她认为主动应该是男人的事情。所谓"君子好逑"嘛。

就这样，时光在多情又无情地流逝着……

到了这天晚上，婕终于几乎没有心思再去结她的那件毛衣了。她就那么呆呆地坐在自己的床头，透着忧郁的眼睛只顾一眨不眨地盯着那扇没有上锁的房门……最后，当她意识到又一个晚上即将成为过去，当她好不容易作出决定，准备放下架子主动去找茂的时候，随着"吱呀"一声门响，茂竟出现在了她的面前！

"你……"在见到茂的刹那间，婕激动得几乎说不出话来。她只想立刻扑进茂的怀抱。

可茂好像并没有那种企求。他开口对婕说的第一句话是："真是不好意思，我来打扰你了。"

然后，茂就红着脸，低了头，告诉婕道："是这样的——下个月，我要和丽结婚了，丽想请你做她的伴娘，叫我先来跟你说一声。"

听了茂的这番话，婕的眼泪便禁不住哗哗地淌上了她那漂亮的脸颊。此时此刻，婕甚至已无法自已，于是她就脱口冲着茂嚷了起来："为什么?! 难道我……我不配你么?!"

"你……我……"茂很是震惊，震惊得一时变成了结巴。

"我——我天天晚上都在等你来敲门呀……"婕索性就这样边流着泪，边跟茂实话实说起来。

这时候，惊诧不已的茂，也终于在一阵难耐的激动过后，实事求是地向婕亮出了他的心里话来："我虽然……可你总是……总是那么一副高不可攀的样子，所以……所以我就怕自己不配你呀……"

 # 懒汉张三

张三是那一带出了名的懒汉。据说他吃饭用的那副碗筷已整整20年都没洗过了，那只碗的厚度便因此又足足扩充了一圈，那双筷则早由小拇指粗细变成了大拇指模样。而要是你去问张三为什么不洗那碗筷，他还会懒洋洋地这样回答说："洗它干吗呀？吃下一顿饭时不还要用的么？而且不还会吃成那个样子的么？"

不用说，如此之懒的张三，真可以称得上是个大大的怪胎了。这样的一个张三，自然也是不会有老婆的——不过，他好像倒也曾经有过老婆。那是个讨饭过来的外地女人，经当地几个好心的老太婆撮合，为糊口计，那女人那时也就在张三那乱七八糟的屋子里住下了。但最终，由于这张三在夜晚的床上也始终"懒得动"，那女人便到底受不了寂寞，就宁愿又讨饭去了……

大家便都说张三一定是前世作了什么孽。

大家还都说张三这辈子算是完了，彻底的完了。

然而，谁也料想不到的是，如今的懒汉张三，竟会走红得如火如荼！

说起来，这似乎也不足为怪。张三不是出了名的懒汉么？当今这年月，出名可绝对不是一件坏事，因为，只要一出名，你就是不想红也会火火地红起来——在那大洋彼岸的美利坚，不是有个无名小卒纯粹为了出名而去刺杀该国的总统，而且最终不仅没被治罪反而还真的成了一时间家喻户晓的大名人么？当然，张三是不能和那个美国佬相提并论的。但也终于有家小报的记者发现并注意上了张三——小报靠什么叫人掏钱买它？靠的就是人无我有的"新闻"呀！而天底下有着这么个20年都没洗过碗筷的懒汉，这难道不是条一定会叫人抢着读并读得津津有味的新闻么？

那记者便去了趟张三的家。

然后，张三的照片及其"事迹"，就赫然上了那家小报的头版头条，而这家小报的当期发行量，也就如他们所期待和设想的那样一下增加了好几倍！

这以后，懒汉张三当然就更是名声在外了。有位专门收集奇珍异宝的收藏家，还出了高达五位数的价，收购了张三那付 20 年都没洗过的碗筷，说这东西绝对是举世无双的！而一位商业制片人，则组织了一个阵容强大的摄制组，拍了一部据说是卖座率创了什么之最的关于懒汉张三的纪实片……

不用说，张三如此这般所获得的报酬，那可是工薪阶层们一辈子的汗也不会有的。而摇身成了"款爷"的张三，当然就更是成了红上加红、热了更热了……

现在，尽管张三依然是个彻骨头彻尾的懒汉，但人们却是早已不得不对他刮目相看了；而且，虽然张三还仍旧在夜晚的床上也始终懒得动，可愿意做他老婆或自称是他老婆的漂亮又年轻的女人，却多得据说是排成了一列非百米卷尺能量得尽的长队呢……

于是，就难免有人要从心底里生出来无穷无尽的羡慕：嗨，这可真叫做懒也有懒的福气呀！

当然，也不免有人要从心底里出来同样是无穷无尽的感慨：唉！唉唉！！唉唉唉！！！

下雪的黄昏

那天，自一清早眼睛忽地睁开的那一刻起，我便一分一秒地计算着时间，盼望着黄昏的到来。我简直有些说不清楚这一个白天自己是怎么过来的。眼看着黄昏即将临近，我只感觉到自己的心跳加快了，甚至连手指的关节也有些异样……

也就在这个时候，天突然下起了纷纷扬扬的大雪，偌大的空中，似乎正悬着一座巨型磨盘，在不停地往下面倾洒着呈六角形的、质地有如棉絮的、名字叫做雪花的物质。瞧，不过半个钟头的时间，地上已经白茫茫一片，而且天地几乎已连在了一起，成了一个雪的世界。

仰首望望天，又低头看看地，我感觉到自己的脸上浮起了一种有点欢快又有点得意的笑容。

对我来说，这绝对是个不同寻常、意义深远的黄昏——有朋友穿针引线，给我介绍了一位名叫玫的女孩。就在今天，我们俩"人约黄昏后"，将去这座城市尽头的那片白桦林，作"第一次握手"或者是共进"最后的晚餐"。

据朋友说，玫是个很漂亮又很有个性的女孩。此刻的我，则忍不住在极顺畅地流动着这样的意识：百闻不如一见，是驴子是马，这不马上就要水落石出了么？而且，也是老天有意，这样一个下雪的黄昏，还给我们的第一次约会增添了一种考验真心诚意的色彩呢！

我自然是"雪打不动"地要去赴约的。已不知是第几次整过衣衫之后，抬腕瞧了一眼手表，见离约定的见面时间已剩下不过二十分钟，我便顺手操起一把雨伞，"啪"一下打开，然后就深一脚浅一脚出了家门。

家离那片白桦林不远。要是在平时，骑三五分钟的自行车就到了。但今天这一路上，我却走得很是艰苦。尽管积雪并不滑，但积雪已将路与非路混在了一起。有好几次，我一脚踏下去，原以为那下面不过是二三寸厚的雪地，却没料到这脚竟"哧溜"一下陷进了尺把深，同时有一股污水呼呼地冒上来，并直往鞋帮里灌——那是我走进道路边上的污水沟里去了……

终于，我的眼前除了雪还有了影影绰绰的树。那片银装素裹的白桦林，真是别有情致。哦，在这样的一个黄昏，赴爱情的第一次约会，那肯定是会叫人终身难忘的呵！

我便径直朝位于白桦林中心的那个八角亭走去。那是我与玫约定的具体见面地点。

然而，由夜色和雪光调和出来的朦胧，却使我不免有些失望——眼前的八角亭里空空如也。

玫还没有来？那个名叫玫的女孩还没有来。

或许……对啦，据说女孩子都很讲究"战略战术"，都喜欢故意在约会时迟到几分钟，以此考验对方的诚心和耐心呢。

想到这里，我也就非常心平气和了。收起雨伞，我就独自进了八角亭，然后一边拍打着浑身上下的雪花，一边诚心又耐心地等待着，等待着玫的出现。

雪还在静静地、无休止地飘呀飘。白桦林很静。世界很静。我的心则渐渐地有了一种"树欲静而风不止"的感觉。

没想到，我的等待持续了整整一个小时，而玫还没出现！

这之后，我便明白再等待下去也是徒劳的。我当然很有些失望。我眼中的雪似乎已不再是洁白的一片了。

但回家的路，我甚至走得很轻松。虽然不能见到那个名叫玫的女孩，但我觉得自己这一趟也并没有白走——即使她很漂亮，即使她很有个性，但她的失约，至少表明她并不怎么看重我们之间的爱情，或者说，我们之间的爱情是一场雪就能给摧毁的。而跟这样的一个人，还有交往下去的必要么？

失去未必是悲哀。

于是，那天晚上，在灯下，我字斟句酌地给那个名叫玫的女孩写了一封信。我要告诉她：我们到此为止吧。我怕你的怕雪。

第二天一早，我就去了那位穿针引线的朋友家里。我准备让朋友把我的那封信转交给那个名叫玫的女孩。谁知，朋友一见我的面，在叹了一声"你呀"，又两手一摊做了副爱莫能助的样子后，便先塞了张纸条

y

给我。

"这是玫要我交给你的信。"朋友说。

我便迫不及待地展开了那张纸条，于是，就有这样一段文字映入了我的眼帘——

我首先要谢谢你的真心诚意。真的，在不远处的一棵树后，望着在亭子里一会儿东张西望、一会儿左顾右盼的你，我心里是好感动好感动的。但我最终还是决定要跟你说声对不起了——我早早地赶到那里，为的是希望见不到你的身影。我希望你能有办法妥当处理好我们这次遭遇到了天气的突然变故的约会。因为我们正面对并将继续面对的生活本身就是复杂多变、需要随时随地妥当处理的。可我失望了。你的勇敢和忠厚有余，机智与灵活却不足。最后，请原谅我的挑剔，也请原谅我的直言不讳……

房　子

　　张三家要造房子了。

　　张三决定自己设计那幢房子的样式。

　　张三便用他儿子的积木搭起未来新居的模型来。

　　模型很快就搭好了。可张三立刻发现它与别人家的房子毫无两样——火柴盒式。

　　张三于是便将那模型给推倒了。

　　张三深知那种火柴盒式的房子在结构上的不合理和形状上的不美观。

　　张三要将自己家的房子造得结构合理形状美观别具一格。

　　于是，略作思考状后，张三又重新搭起了他的模型来。

　　然而，明明想得好好的，搭出来的却还是老样子。

　　张三的眉头不由得打了结。张三觉得很苦恼。

　　但张三并没有丧失信心。张三相信只要努力就能成功只要追求便会有收获。

　　接着，张三就第三次动手搭他的模型。

　　这一回，张三摒弃了一切的杂念，全副身心都沉浸在了自己的理想之中。

　　模型又搭成了。张三脸上也终于露出了满意又舒心的微笑。

　　那搭成的模型确确实实是结构合理形状美观别具一格的。

　　这时候，张三感到有些累了。张三就伏在桌子上一下睡着了。

　　睡着了的张三做了一个梦，梦见自己的新居鹤立鸡群般地遭人羡慕。那梦中的新居甚至还变成了一朵鲜花，招引来无数的蝴蝶和蜜蜂……

　　后来，张三就揉着眼睛伸着懒腰走出了梦境。

　　可当醒后的张三再去看那模型时，他却怔住了：它还是老样子呀！它还是那种与别人家的房子毫无两样的火柴盒式呢！

这是怎么回事呢？这模型怎么会自己变的呢？

张三很是惶惑。

惶惑了一阵之后，张三就又将那模型搭成了理想的样子。

张三是不会轻易放弃自己的理想的。

只是，在张三不留神眨了一下眼睛后，那原本理想的模型竟又真真实实地变成那种火柴盒式了！

这……这真是活见鬼了！

张三不禁有些害怕起来。

最勇敢的人也难免会有害怕的时候。

难哪！真难哪！张三终于忍不住这样喃喃自语道。

然后，张三就不由自主地将那一大堆积木哗啦一下全推到地上去了……

然后张三家的房子造好了。

张三家的房子当然也是火柴盒式的。

但谁也没有说张三家的房子造得不好。倒是有很多的人都这样说：当然啦，家家户户的房子全是这个样子的嘛！

拾 遗

张三走着走着忽然停住了脚步。

前方十来米开外处的地上，有一块亮晶晶的东西。

经过观察、思考和联想，张三断定那亮晶晶的东西是块手表。

张三的心不禁怦然一动。

要知道，那时候手表还相当稀罕相当珍贵，就像现如今的大哥大一样；而且，也跟当今的大哥大相同，那时候的手表不仅仅是手表，它还象征着财富，象征着地位，象征着能耐，象征着……

那时候的张三其实还是个中学生。

不用说，张三发现那块手表的同时，还想到了雷锋，想到了拾金不昧这个成语，想到了教室墙上贴着的那张记录每个同学所做的好人好事的光荣榜。

而张三之所以能很快就作出前方那亮晶晶的东西是块手表的判断，是因为尽管他自己没有手表，也不可能有手表，但他的同学中有人有手表。

有两个同学有手表。

一个叫阿金，一个叫阿利——阿金和阿利，因其父亲一个是支书、一个是厂长，所以手上能戴上连老师也没有的手表。

阿金和阿利平时好神气哟！

一想到阿金和阿利的神气，张三一下子便将刚才还想得真真切切、栩栩如生的雷锋和成语和光荣榜统统给忘记了。

他妈的，他们凭什么那么神气，他们凭什么会有手表?！

张三就有些忿忿然了。

张三又推而广之，进一步想到了所有手表的来历不明——至少，凭自己的经验，张三觉得当时所有戴手表的人，其手表的来历都是值得怀疑的。

于是，有一句话立即跳进了张三的脑海：不义之财。

那是《水浒》中差不多每隔一两页就要出现一次的一句话。

对了，张三那时候不知从哪儿弄到了一本《水浒》，就常常将这本书放在自己的枕头旁边……

接着，与"不义之财"紧紧想连的另一句话，也就马上在张三的灵魂里响了起来：取之何妨！

是的，不义之财，取之何妨。

就这样，张三对他前方十来米开外处的地上的那块亮晶晶的手表的归宿，已作出了抉择。

张三决定将那块手表占为己有。

张三甚至觉得相当的心安理得——反正我既不是偷的，也不是抢的，更不是通过什么卑鄙或卑劣或卑琐的手段巧取豪夺来的。

更主要的是，张三要用自己的方式，对所有手表的来历不明，提出最强烈的抗议和最深沉的挖诉！

于是，张三便怀着说不清是轻松还是沉重的心情，朝那块亮晶晶的东西走了过去。

然后，张三就弯下腰伸出手，从地上拣起了那块亮晶晶的东西。

那块亮晶晶的东西原来是块玻璃。

没错，玻璃。

真 话

交往了近一年的时间后，关系还始终停留在一般意义上的女朋友范围内的琳，在一次咖啡屋约会时忽然向我提出要求，让我说说对她的印象，并强调一定要说真话。这同时，她又用极轻极轻却如唱歌般动听迷人的声音道："只要你说真话，我就……"

哦，我当时真的是只差一点就要晕过去了。我这无疑是激动的缘故。因为我感到：人们平时常说的那种幸福，此刻已十分真实又十分近切地站立在了我的面前，似乎只要我一伸手，揽进怀里的琳，就将是我不折不扣名副其实地地道道的"女朋友"了！

当然，现在的我还不能伸手。现在的我必须张嘴。现在是君子动口不动手的时候。现在的我甚至连激动也不需要而只需要冷静。因为，现在的我所面对的，是琳的那个要求。

好吧……我就喝醉了酒似的望了琳一眼，然后便点燃了一支香烟。

其实，人们往往只知道香烟有刺激神经使之兴奋的作用，却并不晓得它同时还有着非常卓著的镇定情绪的功效。这不，缓缓地吞吐了一口烟之后，我便极其清醒地边思考边叙述起对琳的印象来了——

你很漂亮（尽管这与事实是有那么点距离的，但这是被古往今来的经验证明了的评论眼前的女人的首选词语。你想，哪个女人的自我感觉中不认为自己是很漂亮的呀）；你很聪明（这倒绝对是真话）；你很有主见（琳当然是有主见啦，她已经跟我交往了有近一年的时间，却从来不允许我越雷池半步，并在准备对我实行"改革开放"的时候还向我提出了那样的要求，这便是明证呵）；你很活泼开朗（这样说也似乎有点不够完全真实，但在当今这样活泼开朗的年代，说人家与时代精神相一致总不会错）；你很通情达理（这显然也是女人最喜欢听的一句话）；当然……

说到这里，我又看了琳一眼。告诉你吧，这其实是我十分得意的时候，因为我懂得，为了证明我所说的确实全是真话，我接着就应该也说说她的缺点。这实际上也将是我在琳的面前要过的最后一关了。当然，这缺点一定要说得非常的艺术，否则就可能不仅前功尽弃，还会……因此，又缓缓地吞吐了一口烟后，我便故意将自己的目光从已变得如法官般严肃的琳的脸上，移向了这咖啡屋的天花板，然后，我才不紧不慢又不轻不重地接着说道——

　　当然啦，你有时候也显得有点固执。

　　哦，这固执一词可是我精心选择的呢。因为我知道，固执一词在现如今是毫无伤害力的——它虽然看上去像是个贬义词，可又反而是在赞扬人有独立精神什么的。是的，现在的女孩子，你要是称她温柔，她可能并不会怎么高兴，甚至还可能会不以为然，而你说她固执，她倒会欣欣然这样回答你："是啊，我可不想做一只小绵羊，什么都听你的，一切由你摆布呢……"

　　没错，我断定琳也是很喜欢自己拥有那样的"缺点"的。我也很想看看她说那样的一句话的时候该是怎样一副得意又娇嗔的样子呢。因此，在这之后，我便从天花板上收回目光，转眼到了琳坐着的位子上。

　　可那座位此刻已是空空如也。我举目四望，琳甚至已完全从这个咖啡屋里神秘地失踪了！

　　不过，这时候，我又很快便发现了在琳喝过的那个咖啡杯下留有一张纸条。而且，在这张纸条上，我看到了显然是琳给我写下的这样一行字——

　　真话：我很丑，但我很温柔。

"洋鬼子"

"洋鬼子"其实是个货真价实的炎黄同胞。但因他的皮肤白得如欧洲色，鼻子高翘似美洲样，还眼睛里发一种幽幽的蓝光，头发呈棕色且自然卷曲，人们便舍其姓名，而自小就给他取了"洋鬼子"这一外号。

当然，"洋鬼子"也因此付出了沉痛的代价。"文革"期间，由那时才刚上初中的他扮演美国特务的一出小戏参加全国县级中小学生文艺汇演时，他那天然的长相竟引起了县革委会主任的高度注意。于是，那位阶级斗争观念十分鲜明强烈的主任便当场极为严肃认真地关照身旁的县专政小组头头："这小子活脱脱是个帝国主义的种，你去查查他妈，看是不是和帝国主义勾搭过？"结果，到"洋鬼子"演出结束回家时，他的父母已被一群"红袖章"捉猪赶狗似地拖走了，半个月后，因实在忍受不了这样那样的"专政"，"洋鬼子"那年仅30岁的母亲，就用裤带圈住脖子，将自己挂在了自家院子里的一棵桑树上……

这以后，要是有人再叫他"洋鬼子"，他便会牙齿咬得咯嘣咯嘣乱响，同时闷雷般地吐出一句足以证明他是个中国人的"国骂"来："我操你妈！"

不过，"洋鬼子"决不会想到的是，时过境迁，他的长相居然还会受到别人格外的重视——

不久前，他奉单位领导之命去某市出差。但单位却妈妈的无法买到一张卧铺或是有座位的车票。没办法，"洋鬼子"就只能使出吃奶的劲挤进那硬座车厢，然后就沙丁鱼似地被前后左右的同胞夹在那儿动弹不得。这时，一位乘务员小姐走了过来，她见了"洋鬼子"，不禁眼睛一亮，于是忙拉住他的手，同时中文夹英语地朝他微笑道："先生，您辛苦了，请您跟我来吧！"

"洋鬼子"便被那位乘务员小姐牵进了卧铺车厢，他同时听见那小姐对她的同事道："这位外国朋友居然也挤在硬座那儿，我们可得给他优待一下呀。"

在得到"优待"坐进卧铺的亲切关照后，"洋鬼子"虽然心里酸甜苦辣百感交集，但他还是忍不住用英语朝两位热情的服务员道了声："Thank you！"

就这样，"洋鬼子"总算舒舒服服地到了目的地。

于是，带着路途上那种被"优待"的喜悦，"洋鬼子"便漫步在了那座刚被宣布为"特区"的城市中。这时，忽然有个年轻人躬身朝他道："先生，请换点美元或港币给我吧。"

"洋鬼子"这回是很快就明白自己是又一次被同胞逐出国籍而客串"外宾"了。但这可不是什么好事——一是自己可没什么美元或港币，二是如果那年轻人不怀好意……为避麻烦，"洋鬼子"就如特工甩尾巴般跳上了一辆电车，又只坐了一站便下了车。

谁知，一位从同一电车里下来的艳装女郎，这时却又不由分说地挽起了"洋鬼子"的胳膊："先生，去玩玩吧？"这娇滴滴的声音几乎是直接从女郎那半裸的胸口发出来的。同时，她还干脆从容又老练地改用英语道："Lets go to bed. Make love."

"让我们上床做爱"……英语基础并不差的"洋鬼子"就只差一点要呕吐了。这同时，"洋鬼子"只觉得自己浑身的血都在这一刹那变成了油，于是，他就一把掏出来自己口袋里所有的钱，朝那张满是浓脂艳粉的脸摔了过去——他知道她的目的。

岂料，那女郎这时竟又追了上来，用夹生的中英混合语对"洋鬼子"说道："先生，能给我贵国的货币吗？"

闻此，"洋鬼子"就猛地转过身去，声嘶力竭地用带着哭腔的"国骂"吼道："我——操——你——妈！"

出差归来，"洋鬼子"便倾其所有来到一家整容医院，对医生道："请还我标准中国人的面目……"

车　祸

　　半天的班上下来后，张三的心情还是如那窗外的天空似的密布着无法散去的阴云。早晨起床后，也说不清为了什么，张三跟老婆吵了一架。老婆这回居然大骂他是"当官没门赚钱无路的窝囊废"，并声称："你这种人呀，就是死了，我也不会给你收尸呢！"——这也实在是太令张三伤心了。你这只雌老虎好狠心呀！

　　因此，在办公室里将那盒午饭草草填进肚子后，越想越气恼的张三便不禁起了你不仁我不义的念头：既然你嫌我是个窝囊废，那不如干脆我过我的独木桥你走你的阳关道——离婚！

　　不过，尽管这时的张三的情绪正处于异常激动之中，但他还没有到失去理智的地步。所以，在离婚两字跳上心头的同时，张三忽又很冷静地想到了这一点：离婚毕竟是件千万不能马虎的事情，我是不是应该给那雌老虎一个最后的机会，检验一下她的狠心是否货真价实呢？

　　想到此，又略作思索后，张三便感到眼前一亮，就拎起办公桌上电话机的听筒，三按两揿打通了自家所在新村那部公用兼传呼电话："喂，请叫13幢204室李英通话。"

　　约莫两分钟后，当听到电话那头传来一声熟悉的"喂"时，张三便连忙按计划用准备好的手帕捂住嘴巴，然后就用"洋泾浜"普通话道："你是李英同志么？我这里是张三同志的单位，五分钟前，张三同志去邮局取一个包裹时，刚走出单位大门，便被一辆卡车给撞了……"

　　这时候，电话听筒里忽然响起了"嘟嘟嘟"的声音，也不知是线路突然中断，还是她那边已将电话搁了。但张三也没去多想，反正目的已经达到：我就是要告诉她那么个"不幸的消息"，看她是不是会来给我"收尸"——若她会来，我们该当场面对面举行"板门店谈判"；否则，自然就只有别无选择地实施"沙漠风暴"行动啦！

这么想着，张三便下楼去了单位门口。老实说，此时此刻，张三心里是很希望几分钟之后，能由他和老婆一起在那儿演出一幕喜剧的。

　　但随着手中烟头一截截短下去，张三美好的愿望渐渐地就烟灰般被马路上积着的雨水给湮灭了——快过去半个小时了还不见她的影子！这黄脸婆果然是心口如一的呀！

　　张三就将手中的烟头朝地上恶狠狠一扔，并踏上一只脚使劲地将它碾了个粉碎。

　　就在这时，楼上办公室的窗口里传来了同事的呼叫："老张，我刚接到电话，你家出事啦！"

　　"什么事？谁打来的电话？"张三脱口问道。

　　"那人说他是你家的邻居。他说半小时前你老婆接了个电话后便哭哭啼啼地往大街上跑，结果在转弯路口让一辆卡车给撞上了……"

　　"什么？！"

　　在一阵突然响起的炸雷声里，张三只感到浑身猛地一抖，然后，只见他一边嚷着"我混蛋我该死"，一边发疯似的冲出了单位大门……

 # 绿 太 阳

得知自己的画获得了全校绘画比赛的第一名，安安自然是高兴得连眼泪都快要流出来啦！

不过，为此更高兴的，其实还是学校的栾校长。

作为这次全校绘画大赛的发起人、组织者和评委会主任，栾校长说他见到安安的画作后的第一感觉，便是眼前一亮、心旷神怡又情不自禁！栾校长还显得很是激动地对那几个对安安的画不大以为然的评委老师道：这位安安同学可无疑是个绘画天才呵！你们好好看看，他在这幅画中所表现出来的那种绝无仅有的对色彩的感觉，实实在在是蓬勃又鲜活的智慧和灵气的结晶呢……

说起来，安安在他的那幅画中所表明的自己那种"感觉"，倒也确乎是十分的与众不同的——在这幅限时于教室里当场完成、统一命题为"阳光灿烂"的画里，尽管安安的构图与别的同学也不过是大同小异而已，但他对色彩的选择和使用，却又真的绝对是非同寻常的——同样是太阳，安安给涂的是绿色，而不是大家那样的红色；同样是树叶，安安又着的是红色，而不是大家那样的绿色……

如此大胆的构思，如此奇异的想象，如此不可思议又才情横溢的创造，难道不是难能可贵，不是值得我们充分肯定，不是我们应该感到欢欣鼓舞的么?!

在拍板定下安安的画作为本次大赛第一名的同时，栾校长又这样对那些评委老师说道。

这之后，栾校长不仅在全校颁奖大会上又将安安热情洋溢地表扬称赞了一番，还亲自把安安的那幅画送到了市美术学校，向该校郑重其事地推荐安安这颗"未来美术之星"。

当然，对安安的这幅"绿太阳"，美校的那些领导与老师，也都引起

了高度的重视。他们也觉得"绿太阳"实在是相当新颖、相当富有创造性的。而且，那时候正好是美校招生阶段，于是，经有关领导点头后，该校很快便作出了将安安特招进校（也就是免试）的决定。

这自然让栾校长又兴高采烈了好一阵子。要知道，美校的这一决定，无疑也是对栾校长那双慧眼的充分肯定呢！栾校长便脸带着那种很伯乐很自豪的笑，一边将这喜讯迅速向全校师生作了传达，一边及时通知了安安的家长。

接着，在不辞辛劳地帮安安办理有关手续的同时，栾校长还亲自陪安安去医院过他成为美校学生（说不定还是未来大画家）的最后一关：体检。

然而，令栾校长不由得要目瞪口呆的，是在给安安作完眼科检查之后，医生竟摇着头告诉栾校长这样的一个检查结果：这孩子患有色盲，而且是那种先天性的红绿色盲，所以不适合……

好汉李四

那天下班回家的路上，途经三号桥时，李四看见一歹徒正手持尖刀在抢劫一位中年妇女脖子上的项链。

当时，在那大嫂的声嘶力竭的呼叫声里，尽管前后左右的人们都因事不关己而表现得冷静和漠然，李四却觉得自己实在是没法无动于衷了。于是，他便两脚同时发力，使自己那辆除了铃不响其余部位全响的自行车如飞毛腿导弹一般，带着类似千军万马的声响，朝那歹徒一下就射了过去——于是，猝不及防的歹徒便被当场撞翻在地，而后就让李四扭送进了派出所……

事后，包括记者在内的人们，都忍不住向李四提出了这样的问题："你不怕那歹徒手中的尖刀么？"

"大不了白刀子进去红刀子出来嘛。"李四回答说，"而且，我死活都是一人吃饱全家不饿，也没有宽敞的住房舍不得抛下，工作又不是舒适得连下辈子都想占着的那种，有啥好怕的呀？"

"再说，即使挨了一刀子，20年以后，我李四还会是一条好汉嘛！"李四又说。

听了这些实在得不能再实在的话，包括记者在内的人们自然都很受感动，大家也就由衷地将李四叫成了"好汉李四"。

这之后，李四就不仅有了好汉的美名，还成了一位极漂亮的姑娘的丈夫，成了一套极高档的住房的主人，成了一家极风光的机关的成员……

"好汉李四是应该成为那样的丈夫、那样的主人、那样的成员的。"人们几乎是异口同声地这么说着，"好人就得有好报嘛！要是好汉的日子过得连懒汉也不如，这世道不是太叫人伤心失望、太令人遗憾悲哀了吗？"

就这样，好汉李四得到了他作为好汉应该得到的一切。

这天，李四从那家很风光的机关下班后，便坐着他那辆崭新的助动车回家了，而行到三号桥处，正当他心里念着漂亮的妻子这时候是不是已经回家了时，却蓦然听得一声"救命啊"响起，紧接着，他便看见桥下运河中有一双小手在一探一探，岸边则有一个女人正只顾扯着自己的头发在双脚干跳……

哦，是有小孩落水了！

刹那间，李四就有了一种心跳的感觉，脑海里也不禁闪现出了使他成为好汉的当初那一幕的情景……

但是，紧接着，漂亮的妻子、宽敞的住房、舒适的工作，还有那好汉的名声，却也一齐排排坐似地出现在他的心头。

哦，要是我跳下去后上不来，那么，我所拥有的所有这一切，不也就同时成为子虚乌有了吗？

于是，突然加足了马力的助动车那强劲的噪音，便将李四不由自主地说出了口的一句什么话，给完完全全地盖住和淹没了。

就这样，李四很快便在这三号桥处消失了。

当然，在人们的眼里，日后的李四依然还是好汉李四。

# 黄山之松

也不过是几日没见，可那天，当朋友在街头遇着张三时，却不禁立马将眼睛瞪成了鸡蛋的模样，说：喂，你老兄这是怎么啦？人整个儿瘦了一圈，是嫂夫人跟人跑了还是……

这时的张三却显得十分的兴高采烈，只听见他连声道：No，No，我这是刚画完了一幅绝对棒的画儿呢！

接着，身为半专业画家的张三，就将他的那幅画儿叫什么名字，画的是什么内容，以及他是从哪儿得来的灵感，这些天又是如何挖空心思地去构思、去布局、去考虑色彩的搭配、去选择表现的手法……等等等等，都一股脑儿地给朋友作了介绍。

哦，原来老兄你这是为画消得人憔悴呀。朋友听后就不由得感慨起来。

可不是，张三说，那是我专门为参加全省的山水画大奖赛创作的作品，所以是特别特别的用心呢。

看来是有把握得奖的了？朋友问。

那当然。老实说，要是这样让我殚精竭虑的作品都获不了奖，那么……

张三并没有把"那么"后面的话说出口来。他似乎已顾不及说。他早兴奋地将那朋友拉进了路边的一家咖啡屋，说：我请客！咱哥们先提前庆祝一下吧！

这之后，那次全省山水画大奖赛如期揭晓，只是，尽管张三从前到后又从后到前地将登在报纸上的那份获奖名单看了再看，可就是看不见自己和自己那幅画儿的名字！

这——这是怎么回事？他们有没有搞错呀！

张三所受到的打击之沉重可想而知。为此，在忍不住要破口大骂那

绿太阳

些评委太有眼无珠太妈妈的了的同时，怨愤难耐的张三便发下这样的毒誓：既然如此劳心费神都换不来别人的肯定和承认，倘若我日后再去画画儿，那手指头不是将患骨癌被截掉，就是会被狼狗一口咬去！

话虽是这样说的，但那种名叫爱好的情趣又实在是太"剪不断，理还乱"了——这不，尽管张三曾经为画画伤透了心，可一旦发现了能入画的人物、景物或事物等等，他又总会不由自主地心痒手也痒起来……

于是，面对着那种挡不住的诱惑，张三便很快就忘记了自己曾经发过的那个毒誓。不过，因了先前的那种失败，现在的张三倒又对那画画儿变得坦然和安然了——其实，又何必非要为那所谓的成功而去画呢？还是纯粹地为自己的那份爱好，或者说是为真实地记录下自己心灵的每一次颤动而去画吧！

这样，每当张三再要画画的时候，他也就用不着再"人整个儿瘦了一圈"了。为了那画，张三虽然依旧会很是用心，甚至还会废寝忘食，但这种用心和废寝忘食，已是一种顺其自然的随心所欲，而不是刻意的挖空心思了。

就说那次从黄山旅游回来之后吧，因为眼前总也抹不去那棵姿态万千又韵味无穷的黄山松的影子，张三就在一个月明星稀的夜晚，极随意又极真切地将自己对那棵黄山松的印象和理解，唰唰唰地画在了纸上，然后，因为心意已经由那画笔和色彩全部抒发出来，他也便将这幅画放在一边完事了。

然而，三个月后的一天，张三却意外地收到了"天马杯"全国山水画大奖赛组委会发来的通知，说是他的那幅黄山松已获得此次大奖赛的金奖，同时称赞这幅画是一幅自然天成的不可多得的佳作！

这——这又是怎么回事呀？

当然，张三后来很快便弄明白了：原来，这画是他妻子代他寄去参赛的。而在终于弄明白了这一点之后，张三又感到很是纳闷和不解：为什么苦心经营的却名落孙山，而一无所求的反能拔得头筹呢？

49

山 娃

　　逃也似的离开满脸皱纹的父母和遍地贫困的家乡，闯到这被叫作花花世界的大都市来，山娃自然不无挣钱甚至是挣大钱的企求。

　　但山娃绝不承认自己仅仅是冲那些"老人头"而来的。事实上，山娃的行动应该就是这一点的最好证明——

　　白天，山娃在一家建筑公司一身泥满头汗地打着工，晚上，他却是建筑学院夜校的一名总占着离讲台最近的座位的学生。

　　没错，山娃在白天用力气和汗水换来的工钱，差不多大部分都兑换成了课本、讲义及夜校的其他收费收据。对此，山娃说他无怨无悔心甘情愿。山娃宣称自己很快活很充实。

　　不过，许许多多的"同事"却对山娃大惑不解甚至嗤之以鼻：小子，你是吃饱了撑的还是怎么啦？没准你还准备拿那些破烂纸头回家去造房子讨媳妇呀？更有许许多多的当地人觉得好笑：喂，打工仔，你是不是力气多得使不完，所以还要用来做梦呀？或许你还想当这儿的市长吧……

　　听了这些或是当面或是背后的冷嘲热讽，山娃心里自然很不好受，不仅不好受，山娃还悄悄地流过好几回那种属于男人的眼泪呢。

　　同时，山娃还忍不住要深深地、长长地叹气。

　　但是，抹干了泪水、叹过了气之后，山娃还是那个山娃，山娃还是一如既往地下班后将身上的泥和汗草草一洗，接着便踏着那比阳光更富色彩感的路灯和霓虹灯光，七拐八弯又义无反顾地去了那夜校……

　　就这样，在记不清具体数字的那几幢山娃参与其中的大楼竣工之后，山娃的夜校生活也终于同样"竣工"了——山娃拿到了那家建筑学院夜校的毕业证书。

　　那时候，山娃积攒到的钱，自然要比当时与他一起出来的哥们姐们少得多。但山娃却觉得，自己那放有那张建筑学院夜校毕业证书的口袋也是厚实的，而且还是极其厚实的。

这以后，山娃就告别了那家建筑公司，凭着由近千个夜晚积累和汇聚而成的知识、魄力、胆量和信心，自己成立了一个建筑公司，并竞争到了一个规模虽属一般、要求却是非常严格的工地的承建合同……

半年时间后，山娃让那个原本臭水横流的工地，变成了一幢其样式和气派都在这座城市里属独一无二的建筑群体。

山娃从此声名远扬……

但这时的山娃并没有忘记自己那打工者的身份。成功前的山娃虽然一度曾忙碌得没时间去想一下自己的来历，可成功后的山娃，却更分明地牢记着自己出来闯荡世界的初衷。

于是，山娃便利用自己的公司已有的财力和物力，在这座城市的一个很是显眼的地方，建起了一家"打工者俱乐部"。与他所设计建设的屋舍楼群一样，山娃的那个俱乐部也是十分独特的——虽然里面并没有酒吧舞厅卡拉 OK 之类，但其主体却是从中学到大学的各级各类文化夜校，而且，所收费用都严格控制在俱乐部的日常开支之内。

山娃希望与自己身份相同的兄弟姐妹都能喜欢他的俱乐部。

然而，俱乐部开张伊始，却使山娃极其的伤感——有许许多多的兄弟姐妹，居然或当面或背后说他办这样的俱乐部是想赚大家的血汗钱，还都说：啥文化呀，啥夜校呀……

山娃就又一次悄悄地流了回那种属于男人的眼泪，并又一回深深地、长长地叹了口气：咳，我只是想告诉你们和他们，同时也告诉这世界，我们这些打工者并不是金钱的奴隶呀……

山娃真的想不到他的俱乐部会有这样的一个开场。不过，一如自己当年对夜校的无怨无悔，在流过了泪和叹过了气之后，山娃又显出了信心十足的神情。山娃说：我相信，最终，我的俱乐部是一定会比别的那些俱乐部更热闹也更有活力的，因为，打工者的灵魂中毕竟不会没有梦，打工者的世界毕竟不会是由金钱一统天下的世界……

诗人之死

这年头死个把诗人显然是不足为奇更无足重轻的——除非死的是顾城那样的诗人而且又是顾城那样的死法。

但天马无疑是不能跟顾城相提并论的。尽管天马称得上是个不折不扣名副其实的诗人，可他不仅名声与顾城有很大距离，死得也实在是太普通太自然太平淡无奇了。

天马是生病死的。

此刻，躺在那 12 平方米的家中的床上的天马已奄奄一息。奄奄一息的天马也显然已听到了病魔的狞笑或者说得文雅点叫做死神的召唤。因此，天马就闭上眼睛，充分利用这最后的时间和精力，将自己短暂的一生作了个扼要的回顾并为自己整理出了这样一份非文字的简历来——

天马，男，汉族，现年 43 岁，学历大学本科，3 岁时开始读诗，13 岁时尝试写诗，23 岁时正式在报刊上发诗，33 岁时加入全国诗人协会……一心向诗以诗为命，虽然历经坎坷而无怨无悔，纵是贫病交迫亦心甘情愿……

然后，天马又硬将眼皮撑开，并一把拉住在他床头站立已久的儿子的手。一时间，儿子的手将一股诗气传导进了天马尚在缓缓搏动的心房。有其父必有其子。13 岁的儿子也已经在省报副刊的头条位置上发表诗作了呢！

此时此刻，天马却不禁抖起手来。缓一口气后，天马终于一字一顿地对儿子道："你，要记住，你是我的儿子，就从此，别再写诗，你应该，去赚钱，赚钱……"

听了这话，儿子不由得眯起眼睛将父亲看了又看。这是我那诗人父亲说出来的话么?! 而另一旁站着的天马的妻子，则忍不住泪流满面地既是摇头又是点头起来。天马呀天马，你总算是认清了时势总算是从那乌托邦中回过了头来！可要是你能早点回头，也就不至于会生了病后住不起象样的医院而落到这种地步呀……

　　就在这时，尽管嘴唇早已是颤个不停，手也开始了渐渐变凉，但天马还是从牙缝中挤出了他那真正是最后的声音——天马这话仍是对着儿子说的："你赚了，钱后，应做的，第一件事，该是把我，所有的，诗作，整理，出版，并且，将一本，烧在我的，坟头外，其余的，要全送给……"

　　当然，诗人天马没来得及"送"出他那些理想中的诗集，生命便画上了句号。而骤然响起的他那13岁的儿子的悲号和他那妻子欲哭无泪的悲叹，显然是震撼了天地，因而，就在天马永远地合上眼睛的那一刻，户外忽然间狂风大作暴雨倾盆起来……

无 意

或许是因为天气寒冷，或者是因为8小时内东发通知西送出文件跑酸了双腿……总之，在端起那盆洗脸水的同时，阿田已作出了偷懒的决定——就从窗口倒下去得了！

于是，"哗——"那盆早已没了一开始时的腾腾热气的冰凉的洗脸水，便被阿田不轻不重地一泼，随即成瀑布状"居高淋下"……

这过程中，阿田根本没想到该先探身察看一下窗下。阿田是该局机关3个暂时以楼上办公室作栖身之所的人中的一个。阿田相信在下班电铃已响过近两个钟头的此时此刻，这儿必定早已是人去楼空，因此只管"哥哥你大胆地往下泼"便是。

然而，正当阿田一边收起手中的脸盆，一边准备关紧窗户后打开音响听点流行歌曲的时候，却猛然听见楼下那水与水泥地的拥抱声里，还分分明明地夹杂着一声极清晰又极恐慌的"哎哟"！

紧接着，那原本属于窗下的恐慌，便如寒冷的空气和劳累的感觉一般，密不透风又恶狠狠地将阿田层层包裹了起来。阿田千世万代也不会想到的是，他那盆原以为除了落地时会发出声响来之外压根就不会再引发别的声响的洗脸水，竟不偏不倚地将在家吃过了晚饭后忽然心血来潮前往办公室来取一个什么文件的该局康局长，给盖了个正着！

这之后，阿田从他的房间来到楼下"现场"的速度与神情等等，便全都几近于幽灵。

站在头发梢上还在滴水的局长面前，阿田更像只落汤鸡似的浑身瑟瑟抖个不停。他嗫嗫又喃喃地向康局长道了不知多少回的"对不起实在对不起十万分的对不起"，同时，又解释了不知多少遍的"我是无意的我真的是无意的我确确实实是无意的"……

但康局长显然毫无心思听阿田的道歉和解释。在近一分钟的时间里，康局长是彻头彻尾地被那自天而降的"倾盆大雨"给泼懵了。因此，见了阿田后，在终于从懵懂中醒过了神来的同时，康局长便只顾胡乱地摇了摇手，然后一把拖转刚停稳的自行车的车头，很是狼狈又很有些落荒地回家了……

于是，呆立在越来越阴冷的寒风里的阿田，上下牙齿便不由自主地"咯咯咯"碰撞了一回又一回。我他妈可完了！无意中泼去的那一盆没法收回的该死的洗脸水，肯定够叫我吃不了兜着走的了！阿田身上那些个早已紧紧收缩起来的毛孔，似乎也都在这么哀叹着。

那一整个晚上，阿田的单身铺便比人家洞房花烛的婚床还要吱吱嘎嘎地响了个通宵。

第二天，没顾上刷牙洗脸自然更顾不上吃饭的阿田，从天刚亮的时候起便特工似地守在了单位的大门口。他在等上班来的康局长。他必须进一步向康局长表示他的"对不起"并进一步解释他的"无意"。

可康局长的身影始终没有出现，直到上午已被电铃宣告结束的时候也没有出现。而在下午上班后不久，本来就忐忑不安的阿田，则更是心惊肉跳地听到了这样的消息：康局长住院了！康局长是在昨天后半夜因突发高烧而被送进医院的！同时，单位里还有不少人在纳闷地议论：康局长可是个名副其实的"康"局长呀，多少年来他连一天的病假也没请过，怎么会突然间说病就病了呢？

听了这样的消息和议论，阿田心里就愈加火烧般的焦急和难受了起来。他自然明白康局长"突然生病"的原因。他决不会想到，自己的一盆洗脸水会使好端端的康局长一夜之间变成了病局长。他差不多要以谋害罪起诉自己了。

因此，阿田的下午便比上午甚至是昨天晚上还要过得艰难。而在好不容易听到下班的电铃响起之后，已到心衰力竭地步的阿田，就慌慌忙忙地去了食品商场，将自己3天前领到的工资和奖金，悉数换作了"太阳神"、"中华鳖精"之类的滋补品，然后东寻西找着走进了康局长的病房。

也唯有如此这般去向康局长谢罪了呵！阿田思忖着。他白着脸，低着头，脚步迟缓，心情沉重。

然而，见面之后，康局长却一把抓住阿田的手，连声说："谢谢你！谢谢你！我真该好好地谢谢你的那一盆凉水呵！"

这？这是什么意思？是反话么？一时间，阿田也不禁听懵了。他很是莫名其妙和手足无措，便连手里提着的那些东西都不知道该往哪儿放是好了。

　　这时，康局长一边摇着依旧紧抓不放的阿田的手，一边继续说道："医生刚告诉我检查结果。医生说检查中意外地发现了我右胸的内壁有个刚形成的肿瘤。医生还说我实在是太幸运了：因发现及时，那肿瘤只要马上开刀摘除，便不会遗留任何问题，而要是时间一长发生癌变，这后果就不堪设想！所以……"

　　所以康局长要向我道谢！阿田终于明白了。阿田的头就忍不住抬了起来，脸上也浮现了血色。于是，他也就动情地摇着康局长的手，只是嘴里依然说着这么一句话："我是无意的我真的是无意的……"

　　一个月后，康局长重新上班了。人们见后就又纳闷地议论开了：看局长的神色，他怎么不像是生了一场病，倒像是喝了回喜酒呢？

　　这以后的一次局机关大会上，容光焕发的康局长宣布道："×科室已空缺3月之久的科长职务，现正式决定由阿田同志担任！"

东山再起

陈跃进今年已经66岁。这些年来他一直在家吃闲饭。他感到自己这一辈子实际上也就已经这样结束了。

然而，这天，正当陈跃进在家自己跟自己下着象棋，而且恰好下到最为紧张激烈的时刻，没料想镇长会突然出现在他的面前，而且，镇长一上来便老陈长老陈短地说了一大堆的好话，同时还一个劲地敬他"红塔山"。

镇长这是怎么啦？他究竟是串错了门还是认错了人呢？我陈跃进又凭什么配受镇长的好话、配抽镇长的"红塔山"呀？

就在陈跃进受宠若惊又百思不解之时，镇长已言归正传，说："老陈哪，我是无事不登三宝殿，想请您老人家帮我的忙呢。"

请我帮忙？我陈跃进上无背景下没声望，更何况已行将就木，又哪来的能耐帮你堂堂一镇之长的忙呀？

见陈跃进一副莫名其妙还有些手足无措的样子，镇长便更加直截地说道："老陈哪，我是想请您做我的助手呢。"

紧接着，镇长又提示和解释说："您老人家早先不是做过好多年的公社文书么？我就是要您重操旧业，也相信您一定是宝刀未老呢！"

听罢镇长这席话，陈跃进却不由得将脸一下红到了耳根处。嗨，好汉尚且都不用提当年之勇，更何况我那当年是怎样的当年呀！

当年，陈跃进本名叫陈小牛。但那是"跃进"的年代，二十来岁、血气方刚又身为公社文书的他，自然也就要顺潮流而动了。于是，他不仅将自己的名字改成了"跃进"，还使本公社各种各类年报上的数字也全都大大地"跃进"了……

想起这一切，陈跃进不禁很有一种寒冷和负疚的感觉。不过，也正是由于有着这样的感觉，便促使陈跃进最终很是庄重地点头答应了镇长的请求——我重操旧业，当然不能再用那"宝刀"，但我毕竟熟悉这份工作，可用有生之年为江泾镇人民做点实事，也可以此弥补自己当年的头脑发热与发昏之过呀！

这以后，陈跃进便去镇政府上班了。

那时候正值年终，上面有关部门对各种报表催要得很紧。陈跃进就不顾年迈体衰，天天下企业，走村庄，调查核实有关数据，晚上还常常要被老伴骂过三通后才上床休息……

这样忙碌了近一个星期后，一份江泾镇全镇工农商业情况总年报和十多份单项报表总算出来了。

陈跃进自然感到很劳累。毕竟是年岁不饶人哪。但望着摊在眼前的这些报表，陈跃进心里又显得非常的轻松。我这回的文书，可是做得问心无愧的呢。

陈跃进就拿了这些报表去见镇长。老实说，他是很想听到镇长在看过这些报表后能对他说声"你这文书当得不错"呢。

但是，镇长在一目十行地看了那些报表后，说的却是这样一句话："这些数字都还应该大一些嘛。"

"千真万确是这样一些数字呀。"陈跃进说。

"嗨，我说老陈哇，数字是死的，人却是活的，你过去的经验呢？你不是很会……"

陈跃进不禁心头一惊。至此，他也总算是弄清楚镇长要他"重出江湖"的目的了——镇长是要他东山再起，再做一回"跃进"呢！

陈跃进的脸就再次一下红到了耳根。

然后，他便一把推开镇长递过来的"红塔山"，一边说着"我不能再跟历史开玩笑了"，一边头也不回地走出了镇政府办公室的大门……

你这个傻瓜

　　面对父亲的遗体，在这应是悲天怆地的时刻，我竟满脑子全是父亲平时常常朝着我挂在嘴上的那句"你这个傻瓜"！因此，尽管我当时是很想很想为将永远不能再见到父亲了而痛哭一场的，可我就是一时没法让自己的泪腺决口……

　　事实上，从我很小的时候起，我便听惯也听恼了父亲的那句"你这个傻瓜"——我学走路摔了跤，双膝被石头磕出了血，正疼得龇牙咧嘴，父亲却全然不顾，只是一个劲地在旁边说我："眼睛做什么用的？你怎么就看不见前面的石头？你这个傻瓜！"有时候，因为贪玩，我会将自己弄得满头满脑都是污泥，或是连吃饭的时间都给忘了，对此，看一眼正在忙上忙下地为我擦洗或者是盛饭夹菜的母亲后，父亲不但不会过来伸手帮一把，还总要不冷不热地来一句："污泥涂在脸上很舒服吧？你这个傻瓜！"或者是："肚子长在自己身上，是饱是饿难道就没个知觉么？你这个傻瓜！"甚至，上学后，每当我拿着常常是全班最高分的考试卷回家来，很想在听过老师的表扬后再听几句家长的夸奖时，父亲也总是对那分数及分数旁老师特意注明的"第一名"做出视而不见的样子，只顾手指着我做错了的地方，毫无商量余地地道："这儿怎么会做错的？"倘是那试卷上找不出错处，他则会吹毛求疵地点点我写的字，瓮声瓮气地说："这字怎么写得跟蚯蚓似的？"而紧接着，他自然又是脱口而出的一句："你这个傻瓜……"

　　总之，"你这个傻瓜"仿佛是父亲惟一会说的话，也是他对我的惟一的评价。

　　于是，从懂事那天起，我的内心里便自然而然地对父亲没有了应有的好感，至少是有些敬而远之。哦，父亲，你开口闭口老是说我傻瓜傻瓜的，莫非我不是你儿子么？你这样横一声傻瓜竖一句傻瓜，我不是傻瓜也会被你说傻瓜的呢！哦，父亲，你为什么就不能像母亲一样的疼爱我、呵护我、无微不至地照顾我、把我当作你的心肝宝贝掌上明珠呢？

因此，说句心里话，在没有了父亲的日子里，我反而觉得也少了一份压抑，或者说是负担，或者说是哀怨。

这之后，在我体内骨骼生长发育的拔节声里，有关父亲的信息，也便随着早已消失了的父亲的身影，一点一点地离我远去……

然后我长大了并成了家。而且，一年之后，我便有了儿子，也就是说，我也做上了父亲。

那天，在医院里，见到刚从他娘胎里钻出来的儿子的刹那间，我只觉得浑身的血液都在这瞬间燃烧了、沸腾了甚至是爆炸了，那种为人父的激动、喜悦和亢奋，令我只差一点要如中举的范进那样当场晕过去！哦哦，儿子，我的儿子，父亲我怎样才能表达对你的深爱和真爱呢？

这时，仿佛懂得我的心情一般，只见原本正静静地躺在他母亲怀中的我那儿子，忽然眯缝着眼睛，冲我作了个笑的表情，这同时，只听见老婆在欢天喜地地大叫："哇，尿啦，我家乖宝宝尿尿啦……"

我就忍不住在一旁哈哈哈大笑了起来。然后，也说不清是怎么回事，我竟一边从老婆身边抱起儿子，一边冲儿子脱口说了这么一句："哦，你这个傻瓜！"

也就在这时，我突然下意识地浑身一怔：这……这不是父亲常说我的一句话么？！

于是，就在儿子从医院回家的那天，我去了父亲的墓地。跪在那儿，我只顾一个劲地这样自言自语着："我是个傻瓜！我真是个傻瓜！我是天底下最傻最傻的傻瓜……"

说这些时，我的脸上已是泪雨滂沱。

贵 姓 张

贵姓张是个商人，据说他这些年来从"海"里捞得的人民币，已足可以买下一颗原子弹——假如允许原子弹买卖的话。

不过，你可千万不要以为贵姓张仅是一个商人而已。不，至少他本人是决不会同意这种说法的。"我同时也是个文人呢。"他说。"我从三岁时就喜欢上了语言和文学呢。"他又说。

他还说："像我这样能商懂文的人，大概才真正称得上是这个社会的栋梁呢……"

我是在与贵姓张首次见面时听到他说这番话的。生怕我怀疑，他还向我特别强调指出："你想想，如果是一个百分之一百的商人，我会主动来结识你这位作家么？"

此话还真不假——这年头，纯粹的商人与纯粹的文人，简直就是根本没法相容的水与火呢！因此，那时候的我不禁深受感动：真是难得呵，在商人队伍这块文化沙漠中，居然有着张全前这样的一方绿洲！

对啦，贵姓张的真名应为张全前。这"贵姓张"，其实是我第二次跟他见面后，由我自作主张又事出有因地给他取的外号。

那天晚上，有位外地文友风尘仆仆前来寒舍相聚。正当我俩交谈得热火朝天的时候，张全前来了。他一见我那文友，便非常主动又非常热情地上去一把握住了对方的手，说："看得出来你也是位作家，咱从此也交个朋友吧！"

"您贵姓？"我那文友显然是被张全前的友好感动了，就一边同样热情地摇着张全前的手，一边文质彬彬地问道。

"哦，本人贵姓……贵姓张。"

张全前这样回答。张全前的这一回答，使我的那位文友当天晚上从梦中笑醒了整整三回，而我，则在刹那间有如听到了原子弹的爆炸声似的，只差一点儿要将眼珠子滚出眼眶来……

这之后，大概是感觉到了那晚上我和我那文友对他的冷淡的缘故，张全前便再也没来找过我。他留给我的记忆，也就只有那"贵姓张"的笑料了。

不过，我怎么都不会想到，过了快一年的时间，正当我要将那笑料也给遗忘了的时候，我那远在千里之外的文友却来信告诉我说："你知道么？那贵姓张日前在我省的一家出版社出版了一本研究语言现象的书呢！"

这？！这可能吗？！太阳会从西边出来么？！

但我的怀疑看来是毫无道理的，因为，就在我接读文友那封信的当天晚上，贵姓张第三次敲开了我的家门，而且，一见面，他便给我递过来一本还散发着我所熟悉的那种淡淡的油墨香味的《语言的严肃性与趣味性》，说："这是我刚出版的书，今天特地来请你这位大作家改正。"

那时候，由于手被那本很有些厚度的书压得很沉，耳朵又被那句怎么听都听不顺的话刺得很疼，我便一边搜肠刮肚地想着"改正"与"指正"（或"雅正"或"教正"等等）到底哪个词更具有严肃性和趣味性的问题，一边忍不住脱口问道："你真的对语言的严肃性和趣味性作过研究么？"

"研究？你老兄至今还不懂得它的真正意思么？让我告诉你吧：研究就是烟酒，说得更明白点，有了钱还用怕没'研究'么？"听了我那问话，贵姓张竟肆无忌惮又洋洋得意地拍起了我的肩膀，接着，在一阵同样肆无忌惮又洋洋得意的大笑之后，他又正色对我说道："怎么样，老兄你肯不肯放下架子，替我接着写一本《文学的严肃性与趣味性》呀？反正，你不见的只是自己的那个名字，却可以此换得十五万元的人民币……"

那么，我究竟有没有得到那十五万元的人民币？我相信读者诸君是一定能明察的，而我的这篇不足一千五百字的《贵姓张》，不知是不是也多少体现出了一点"文学的严肃性与趣味性"呢？

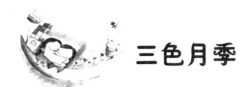

三色月季

春注意上那位身穿湖蓝色风衣的女孩，是在他发现这女孩在注意他之后。

每天早晨6点半，春起床后所做的第一件事，便是去阳台给他精心培育的那盆三色月季浇水，然后就利用阳台栏杆做上雷打不动的100下俯身撑……

忽然有一天，当春的俯身撑做到第68下的时候，透过竖条栏杆间那宽宽的空缝，春的目光和动作，便一齐停留在了正从楼下经过的那个穿着湖蓝色风衣的女孩的身上。那时候，春看见这女孩在边走边朝他这儿回顾，且这回顾是满面笑意的，而这又使春猛然想起——其实，很多日子以来，她不仅总会在这个时候从那条街上经过，而且每次都是这样要朝自己这边回顾的。

哦，那女孩在注意我呢！这一堪称重大的发现，自然要叫24岁的春忍不住心血来潮、心旌摇荡并心慌意乱了。

这之后，浇花和俯身撑就成了春更加自觉并感到更有意义的行动。而且，接连几天观察下来，春便相信"那女孩在注意我"已不仅仅是自己的感觉而是铁一般的事实。

于是，那个叫作缘分的名词，就在春的心海里开放出了如他精心培育的那盆三色月季一般绚丽迷人的花朵。接着，让激动包裹着的春，就起了该自己下楼去或是请那女孩上楼来的念头。

终于，在一个周末的黄昏，佯装正在楼下那条路上散步的春，便十分"偶然"地见着了正迎面款款走来的身穿湖蓝色风衣的女孩。

"你好！"看到这女孩又在边走边望自己家的阳台，春就提示着"我在这儿"般，不失时机地朝女孩招呼道。

可那女孩似乎根本就没有发现春的存在，只见她先是微微一惊，尔后就收回目光投向春，并有些疑惑地对春说了声："你……"

"我……"春很想说什么，却也不由得同样有些疑惑了起来：她怎么竟认不出我来呢？此刻的我只不过是比在阳台上的我多穿了一件外套呀！

疑惑之后，春又灵机一动，就以手势代说话，向女孩指了指自己那个放有那盆三色月季的阳台。

这时，女孩的脸上便终于显出了恍然大悟的神情，同时，只见她俏丽的脸上刹时堆满了红晕，道："哦，是你——你好！"

然后，她又改用一种在春听来是充满了深意的语调对春说道："对啦，我很早就想去府上拜访了呢，你是不是欢迎呀？"

哦，春当时的激动，便全部集中在了他立即转身引那女孩上楼的脚步声里了。而且，春只觉得自己的心跳显然要比那脚步更加的怦然有声，

不过，令春很是始料不及的，是那女孩进了他家的门后，竟顾自穿过客厅和卧室去了阳台，同时，阳台上就很快响起了她的声音："哇，你这盆三色月季真是不同凡响呀！你能告诉我你是怎么嫁接的么？"

见春这时也已尾随着来到了阳台，女孩就又说道："对啦，差点忘记告诉你了，我在市园林管理局园艺处工作，我们那儿也嫁接了一些三色月季，可总觉得没你那盆成功，所以我想……"

女孩接着还说了什么话，春其实一句都没听进耳朵中去。在听了女孩前面所说的话后，春只觉得自己的欢喜一下便全从这阳台上跌落到楼下去了——原来她一直注意的只是这盆月季，而不是作为主人的我呀！

春算是极真切又极强烈地体会到那种叫作失望的滋味了……

不过，定下神来，并朝正在如痴如醉地打量着那盆三色月季的女孩又呆望了一阵之后，春忽然又陡生了一种希望与信心。于是，虽然免不了会显得有些讷讷的，但春还是鼓足了勇气，情真意切地对那女孩说道："既然我们……我们能共同去培育更鲜艳更美丽的……三色月季么？"

就在这时，远远近近的街灯在瞬间同时亮了起来，这样，本已悄然来临的夜晚，便又一下充满了铺天盖地的光明。

单　纯

　　人们都说家用电器厂新厂长曹富强肯定有些"搭经"——他走马上任后放的第一把火，竟是将张刘祥从人人眼热的经营科科长位子上一把捋下来，并让他走进技术科去当一名被人叫作"做煞坯"的技术员！

　　要知道，张可是赵副县长的外甥呢。试想，原厂长如此"重用"张都逃脱不了最终被就地免职的厄运，他曹富强这般锋芒毕露不识好歹，到头来还会吃得上甜果子？如今是什么年代什么行情呀?!

　　对此，就连曹富强的妻子俞亚蕾也很感惊讶和疑惑："我说你做得是不是太过分了？你要搞企业改革，事实上有的是你大刀阔斧下手的地方，干吗非要去拨张刘祥这根最敏感的神经呀？"

　　"你说得对，张刘祥确实是厂里的一根'最敏感'的神经——这个厂之所以会落到快要开不了门的地步，就是一方面没人搞技术革新，另一方面又经营乏力呢！"

　　"我不懂你这话的意思。"

　　"你呀，张刘祥是白面书生一个，平时跟人说话都要脸红，他能弄得好经营么？但他又是名牌工科大学毕业的，技术业务没话可说——我的安排是人尽其才嘛。"

　　"说来倒是这么个理。可是，做技术员跟当经营科长毕竟好比一个在地上一个在天上，人家可是副县长的外甥，你叫他从此香的吃不上辣的喝不到，只是累死累活地画图纸跑车间，那赵副县长会怎么想呢？"

　　"我可管不了这么多，我只知道全厂1000多双眼睛都盯在我身上。"

　　"唉，你也实是在太单纯了。"

　　"本来就用不着那么复杂嘛。"

　　"那我问你，要是赵副县长来找你，你该怎么办？"

　　"我……我不见他！"

曹富强心里一急，就脱口说了这么一句。

事实上，在考虑对张刘祥的安排时，曹富强真的一点也没想过赵副县长那层关系。不过，此刻听妻子如此这般一说，他也终于发觉可能真的会有些问题了——虽然找张刘祥谈话时他倒是表示十分乐意被"削职为民"的，可做舅舅的会不会因此而为外甥"鸣冤叫屈"呢？如今毕竟是人们所说的那种年代那种行情呀！

这样一想，曹富强便感到自己确如妻子说的那样有些单纯。不过，他又毫无改变决定的打算。至于赵副县长那儿，无论他是怎么想的，不见他是不现实不可能的，还是找机会主动跟他作些解释吧。

这天，参加完一个厂经理会议，曹富强走进了赵副县长的办公室。

令曹富强很有些意外的，是没等他开口，赵副县长便先对他说了这么句话："小曹哇，我外甥已在我面前多次说过得谢谢你使他脱离苦海获得了新生呢。"

"这……"曹富强一时有些语塞，他实在辩不清赵副县长这话的含意。

于是，只听见赵副县长又说道："看来我们当初决定把那副烂摊子压在你肩上，眼光还是挺准的嘛……"

就在这时，曹富强腰间的 BP 机响了。

曹富强便拎起了赵副县长办公室里的电话。原来，寻呼他的是张刘祥。电话的那头，张刘祥兴奋地告诉曹富强：他搞的那种新型电扇的设计已提前圆满完成，所以想尽快与厂长商量投产等具体事宜！

张刘祥还很有把握地说了："我相信用这新型电扇去实现全厂在年内扭亏转盈的目标肯定不成问题！"

"是吗？真是太好啦！你辛苦了，谢谢你！"

放下电话时，曹富强差不多有些忘乎所以。这同时，他一把抓住赵副县长的手说了声"也谢谢您"，就转过身，连"再见"也不道地走了……

望着曹富强那年轻壮实的背影，赵副县长不禁微笑着点了点头。

 # 明天开会

　　说出来你也许不会相信：尽管梅弟卫老师参加工作已有十多年的时间，可他还从来不曾开过会——当然，自己学校里倒是每个星期都要坐拢来一次的，但那能算是开会么？我们这里所说的开会，当然该是像模像样有规模够级别的会呀！

　　不过，梅老师的这一历史记录现在就要被打破了——这天放学时，校长给梅老师送来了一张印刷很是讲究的通知，说："明天上午八点半你去参加一个会议吧，地点是县政府第九会议室，开的是全县中青年教师座谈会。"

　　开会？让我去开会？而且是去县政府开会？当时，梅老师的激动，真是有点非言语所能道清、说明和形容了。哦，我明天开会！我明天要去参加在县政府第九会议室举行的全县中青年教师座谈会！我明天……

　　一时间，梅老师非常真切地地感受到了当地政府对教育和教师的重视与关爱。可不是，这样的一次会议就是一个极有说服力的证明呵！不过，梅老师的激动又并不仅仅是这方面的原因。说实在的，他心里同时还有一个或许庸俗或许正常的念头也一下子就冒了出来：哦，就是说，我明天也可以去吃顿会议餐啦！

　　这年头，谁不知道所谓开会也就是"开惠"或者更干脆地叫作"开胃"呀！当然，按理说，身为天天在教导我们的下一代要"先天下之忧而忧，后天下之乐而乐"的人民教师，梅老师或许是不应该有那样的念头的。但是，梅老师毕竟是个普普通通的人，是凡人，是俗人嘛。再说，他又很清楚这样的一个事实：反正这些年来天天有不计其数的人在"开惠"与"开胃"，所以，我辈难得去认一回什么是鲍鱼啥叫海参，又有何不应该呢？

　　因为有着这样的思想基础，梅老师这天回家后吃的那顿晚饭，便吃

得相当的留有余地。而第二天的早餐，他索性就没吃，只是喝了一杯白开水，便骑上他那辆除了铃不响其他部位全会响的"老爷牌"自行车，赶往县政府所在地……

八点半，全县中青年教师座谈会在县政府第九会议室准时召开。让梅老师感到十分兴奋的，是这实在是一次需要并应该吃上许多的好东西的会议：这会连县长都参加了呢。而且，县长还在电视摄像镜头的注视下，亲自给出席会议的每个教师端上了一杯清茶……不用说，会议自然是开得十分的热烈，县长是谈笑风生，教师们则各抒己见。因此，在整个会议期间，梅老师甚至都忘记了啥会议餐的事情，而只顾一条接一条地提着有关如何将教育搞上去的意见、建议和设想……

后来，县长说他还有一个很重要的会议非去参加不可，便道声"抱歉，谢谢各位"后走了。

再后来，主持会议的县教育局局长在看了一眼手表，又自言自语地叹了句"哟，快十二点啦"后，便总结说："大家也已经谈得差不多了吧？我们今天这个会议开得很好很成功，相信这对全县的教育事业一定是个巨大的鼓舞和有力的推动！好，现在我宣布：我们这次座谈会到此结束！"

紧接着，局长像是突然想起来了似的，又这样补充道："对啦，已经是吃午饭的时间了，这样吧，如果有老师来不及回家，就可以在这儿的招待所用餐，普通菜每份大约是五元钱左右吧……"

听了局长的这句话，梅老师忽然发现自己的肚子这时正在咕咕咕地叫个不停呢，同时，他就又忽然想起了会议餐这一名词来，并感到非常的惊诧和纳闷：这会议原来并没有会议餐呀！这会议又怎么会没有会议餐呢！

其实，这样的惊诧和纳闷，事实上又似乎并非梅老师一个人有。这不，散会后，大家都走得很是缓慢，甚至是很是沉重，就像有些迈不动脚步了一样。而当他们路过县政府的那个十分漂亮的餐厅时，有人还忍不住这样嘀咕了起来："瞧，县长正在那儿祝酒呢……"

下午回校上班后，有同事就问梅老师："你上午去开的是什么会呀？"

"是……是真正的会。"梅老师这样回答。梅老师这样回答的时候，脸上有一种非言语所能道清、说明和形容的神色。

阿 Q 歪传

当年法场上的一声枪响，虽使阿 Q 吓得两眼发黑，全身仿佛微尘似的迸散了，但不知是那洋枪为伪劣产品的缘故，还是那刽子手扣板机时突发善心的原因，总之一句话：阿 Q 事实上是枪而不毙、大难没死……

阿 Q 后来就又回到了未庄，住进了那破破烂烂的土谷祠。

都说江山易改本性难移，不过，经那场惊吓之后，阿 Q 却是从此变得胆战心惊了，他甚至都不敢出门见人了。而且，对自己的"精神胜利法"，他也终于怀疑起来：精神这劳什子毕竟太空太虚，我怎么会死到临头时还要说出"过了二十年又是一个……"来呢？咳，这也真是太妈妈的了呢！

于是，阿 Q 便只有在那土谷祠里过着苟延残喘的日子了。而为给自己那一直咕咕叫的肚子充饥，他自然偶尔还会去不远处的静修庵偷上一两个萝卜……

但未庄人的生活却一天天好起来了。这不，每逢有"8"的日子，未庄的上空便总会炸响接二连三的电光鞭炮——那是有人的公司或经营部或商店开张了。每当这时，阿 Q 心里虽很想前去讨杯喜酒打打牙祭，但转眼想起自己那常被人也口诛笔伐的名声，他就只得呆在土谷祠里用想象代替行动了。

忽一日，一群脖中围有镣铐般粗的项链、手上套满金光闪闪的戒指、嘴里横叼着编号为"329"的软中华香烟的未庄人，潮水似的涌进了土谷祠，说是这些年来多亏祖上神灵保佑因而风调雨顺生意兴隆，所以，他们要捐资改建、扩建并装修这土谷祠，这同时，他们还都板着面孔，命连叫花子都不如的阿 Q 赶快从这庄严神圣的地方滚蛋！

听了这无情无义的吼声，阿 Q 那因很多年来第一次见到这么多的乡亲而产生的激动便不翼而飞，同时不禁悲从中来：叫我滚到哪儿去呢？我又能去哪儿呢？离开了这土谷祠，我还能活么？

俗话说：狗急跳墙。当阿 Q 意识到自己即将上无片瓦、上没寸土时，他忽然灵机一动,竟无师自通地说出了一句叫旁人都不能不怔了半响的话来:"是啊是啊,祖上神灵可真是法力无边呢——诸位想想,倘无祖上神灵保佑,我当年能从那洋枪下活过命来么? 哦,诸位,我不妨告诉你们吧:我可是祖上神灵派来看护这土谷祠的! 我与土谷祠同在! 我跟祖上神灵同在……"

这么说着,阿Q索性就装神弄鬼了起来——只见他边手舞足蹈,边唾沫横飞地说自己刚才还跟祖上神灵见过面,又称没有了自己也就不会有未庄任何人的今天,更不会有未庄任何人的明天……云云。

于是,这回便轮到那些原本个个趾高气扬的未庄人浑身发抖了。他们谁也没有——或者说是谁也不敢——怀疑阿Q说的话。因此,在怔了半响之后,他们就齐刷刷地脆在了阿Q的面前,口口声声称阿Q为"Q老爷"……

这之后,未庄崭新的土谷祠,便比杭州的灵隐寺还要气派地修建成了。自然,Q老爷就成了这新土谷祠的主人,成了未庄祖上神灵的化身,而未庄人则天天都要来这里焚香叩头,来求Q老爷指点迷津,来向Q老爷贡奉钱财……

就这样,不到一年时间,原来蓬头垢面的阿Q便不仅吃成了一个肥头大耳的超级胖子,还用上了人们贡奉的最新款的诺基亚牌手机和IBM牌笔记本电脑——自然,那是用来跟祖上神灵联系的呢……

为此,阿Q几乎每天晚上都会从梦中笑醒。

为此,许许多多的未庄人是那样的既崇敬又羡慕阿Q,不少人还很是后悔自己当初的看不起阿Q——这不,面对今非昔比的阿Q,吴妈便十二分地后悔自己当年对阿Q要跟她困觉的要求的断然拒绝,于是,她便抓住一切能见到阿Q的机会,主动地向阿Q频传秋波,甚至还当面对阿Q说过"老Q我爱你",希望能与阿Q在晚年结成秦晋之好。不过,此时的阿Q,却是早不将那瘪皮皱脸的吴妈放在眼里了……

当然,那是阿Q眼里早有了别的女人的缘故——一个春暖洋洋的日子里,他就跟静修庵的那个小尼姑,在富丽堂皇的土谷祠举行了极其隆重的婚礼。

而洞房花烛之夜,眼望着未庄人给"Q老爷"敬献的堆成山的厚礼,阿Q在情不自禁地在小尼姑脸上狠劲地捏了一把后,又忍不住感慨万千地这样叹道:"唉,一直以来人人都在骂我的精神胜利法,可现如今的未庄人,不都在使用着比我那精神胜利法还要妈妈的新的精神胜利法?!"

刘老师

刘老师上课有个特点：从不拖堂。只要下课的铃声一响，学生们便可去尽情地享受那自由自在的课间10分钟了。而且，刘老师的这个特点同时也是他的一个绝招：下课铃声响起时——只要那铃声准时——他正在说的那句话，也往往便是备课本上的最后一句话了；即使那时候正在由学生朗读课文，也常常是正好读在了课文的最末一句。

这当然是种本事。没有高超的业务水平，没有丰富的教学经验，没有慎密的计划和组织能力，是万万做不到这一点的。也正因为如此，刘老师便深受学生的喜爱，并声名远扬。而且，刘老师的名声已传到了县教育局长的耳朵里——据说局长对刘老师很感兴趣，还打算要将他"人尽其才"呢……

这天，正当刘老师手捧教材、教案和粉笔准备去上课时，校长匆匆过来，说：刘老师，局长刚到，他一到就指名要听你的课呢。

好哇，请局长马上来教室吧。刘老师回答。

对刘老师说来，别人来听他的课早已是家常便饭了，所以，尽管这回来的是局长，他心里也没半点惊慌。我上我的，你听你的，想听就听嘛。

就这样，刘老师一如既往地踏着上课的铃声从前门进了教室，局长则自后门也跟着做了教室里的一员。

于是便上课。

刘老师这天给学生上的，是从《红楼梦》中节选下来的《葫芦僧判断葫芦案》。

"同学们，课文中的'护官符'一节说的是什么呢？它对全文情节的展开起了什么作用？在现实生活中……"

在将课文内容作了初步清理后，按计划，刘老师要组织学生重点讨论"护官符"。而且，为体现他所一直坚持的课内与课外结合、书本跟实际联系、知识传授同思想教育相贯通的原则，刘老师要引导学生去正确认识社会生活中存在的徇私枉法现象，要告诉学生必须坚决与不正之风作斗争……

然而，那些话刚刚出口，刘老师却忽然走了神——刘老师在无意中瞥了一眼坐在教室后排的局长，于是，他不禁动了这样的念头：对我将要提到的那一切，身为官家的局长会作何感想呢？他甚至会不会以为我是在指桑骂槐呢？

如此这般的念头一转，刘老师便不得不考虑起是否该现场修改讲课内容的事来了，而这样一考虑，时间也便匆匆地向前流走了……

结果，尽管刘老师很有些"随机应变"的本领，以后的环节也都一环紧扣一环，可到那下课的铃声极"北京时间"地响起时，学生们最后的集体朗读课文，却历史性地还有整整一个段落没有完成！

局长的失望就可想而知——课后，虽然局长当着刘老师的面还是赞了几声"不错"的，可他跟校长却是这样说的：他的课堂时间安排，并不像大家所说的那么天衣无缝嘛。

这样，有关局长将使刘老师"人尽其才"的传闻，也就永远只能是传闻了。

"的士"作证

　　李林从车窗里探出头来，再次跟县委组织部长挥手道别的时候，心里忍不住在很是得意地这样说着：哈，那乡镇企业局局长的宝座，看来已是非我莫属的了！

　　李林本是江泾镇的镇长。此次他在全县乡镇企业工作会议上的发言，显然给县委组织部长留下了极好的印象——会后，部长不仅找了李林谈话，露出想提拔他担任县乡镇企业局局长的意向，并且还留李林一起吃了晚饭，饭后，部长又特意为李林叫了辆的士，送李林回镇。部长还说，若不是他的专车正好有事去了外地，他还会让自己的专车送他呢。

　　此刻，那辆红色夏利牌"的士"已开到了城外。仰靠在后车座上的李林，想着自己即将升迁的美事，不禁微闭起双眼，美美地设想着自己走马上任时会是怎样的情景来……突然，"嘎——"的一声，的士来了个急刹车，李林的头便差点儿撞在车窗玻璃上。待他睁眼一看，只见车前横躺着一个双手紧紧捂着肚子的小个子男人，同时听见司机在问他："看来这人有病，我们是不是……"

　　"别管这闲事吧！"这话差点儿从李林嘴里脱口而出。不过，话到嘴边，他又换成了这么一句："哦，快扶他上来送医院吧！"

　　就这样，那个小个子男人，被司机扶到了李林身边的座位上。然后，的士便转过了车头……而这时，李林心里正在这样盘算：对了，把这家伙送到医院后，我就立即给组织部长打个电话，说自己很想代病人交住院费用，却身上正好没钱，所以……哦，如此一来，那局长宝座对我来说不就会更加稳如泰山了么？我这可是在"见义勇为"呢！没准这事还会上报纸、上电视呢！因为有的士作证啊！

　　不过，也就在李林盘算得心花怒放的时候，旁边那个原本一直在作着痛苦的呻吟的小个子男人，却突然用什么东西顶住了李林的腰部，呻吟声则变成了断喝:"不许动,要命就将身上的钱全部交给我!"并命令司机道:"快停车!把你的钱也拿出来!"

这变故来得实在是太意外了。顷刻间,李林的衣服一下便被冷汗浸透了。而当见到前面的司机顺手操起了一把扳手之类的东西,样子像是要与那歹徒拼了,李林就连忙制止那司机说:"别,你别乱来……"

这么说着,李林一边已双手抖抖地将自己口袋里的所有钱,一股脑儿掏给了那个小个子男人,同时又劝司机道:"对了,把你的钱也全给他吧,你放心,等你送我到家后,我一定如数加倍补偿还给你……"

于是,那司机当然也只能将自己身上的150元钱交了出来。那小个子男人得了钱,便下车扬长而去……

至此,心有余悸的李林终于长长地松了口气,并对司机说道:"哎,遇上这样的倒霉事,也只有花钱消灾呀!"而他心里,却在这样说着:关键可是要保住自己那"革命的本钱"呀,否则,我那局长的宝座,或许就只能到阎王爷那儿去坐了呢……

这之后不久,县委组织部的一份有关任免的红头文件下发到了各乡镇。

当然,李林"榜上有名"。只是,他的名字却出现在免职者的行列里。而几乎是同时,李林还收到了两张无汇款人姓名、地址的汇款单——一张上的金额,正好是那晚他交给那抢劫者的数字;另一张上的金额,则是他那晚到家后所补偿给那的士司机的不多不少的300元……

不用说,李林也便很快就明白了自己不仅没当上局长反而还被免去了镇长职务的全部原因——有的士作证啊!

是的,有的士作证。

白宝石

　　白宝石？我只知道宝石有红的绿的蓝的……甚至也有黑颜色的，可从来不曾听说过还有白色的，你老兄有没有搞错呀？

　　甲便在这个时候卖起关子来：看来你是不想听我的故事？也罢，我就不讲啦。

　　这样，虽然依旧满腹狐疑，我对甲的故事的兴致却是被极大地调动并增强了起来。我不禁想：这世上或许真有白宝石吧？白宝石会是什么样的呢？甲的那个叫做白宝石的故事，又将是怎样的一个故事呢？

　　于是我就给甲扔过去一支香烟，同时催他道：讲呀讲呀，你快讲呀，我很想听你的故事呢。

　　甲便不露声色地莞尔一笑，然后边点着我扔过去的香烟，边慢条斯理地讲起了那个被他称作白宝石的故事来——

　　话说有个男孩，他当时 8 岁，不，或许是 18 岁吧，一天，他在路上见到一个人，总觉得这人有些面熟，但就是一时记不起来他是谁——嗨，他是谁呢？男孩挖空心思地想呀想，可能想了有 3 天，也可能是 3 个月，总之，男孩到最后总算是想起来这人是谁了。原来，这人是男孩家先前的邻居，后来，这人搬走了，搬走快两年了，所以男孩一时竟想不起来他是谁了。

　　说到这里，甲没了声音。但甲脸上依然保持着一开始时的那种笑意。这之后，甲还笑嘻嘻地摸出来他的香烟，自己叼一支，也回扔给了我一支。

　　我便赶忙掏出打火机替甲点着了香烟。自然，我自己也点上了。只是，我已没心思去抽烟。我想，甲这是要以香烟助他的故事呢。我又想，讲到现在，里面还没出现白宝石，这说明一切还不过是个引子呢。我还想，接下去的故事应该才算是真正开始了呢——不知那男孩跟白宝石会是什么关系？或者跟白宝石有关系的该是男孩的那个邻居？

这么想着，我就心情迫切地盼着甲再开金口。

但甲似乎又在卖他的关子了。他只顾笑嘻嘻地抽着香烟，他甚至还笑嘻嘻又悠然自得地冲我吐了个十分圆满的烟圈。

我便有种忍无可忍的感觉，就第二次催甲：你老兄倒是抓紧时间给讲下去呀！

完了，我讲完啦。甲回答，同时又冲我吐出一个很是圆满的烟圈。

我想那时候我的眼睛一定是瞪得比鸡蛋还要圆了：什么？完了？你已经讲完那个叫做白宝石的故事啦？可那白宝石呢？你所讲的这一切中哪有白宝石呀？

针对我这连珠炮似的一连串问号，甲却显得不慌不忙，脸上还是那种笑嘻嘻又悠然自得的神色，同时慢条斯理地对我说道：重要的并不是我的这个故事里究竟有没有白宝石，甚至也不是我所讲的到底算不算故事，而是你老兄虽然心存疑虑，却还是兴致勃勃地做了我的忠实听众——你尽管不怎么相信，可事实上又绝对相信地进入了我的圈套！

你——你小子原来是在要我?!

也许。但问题是：你为什么会被要？我们的生活中，为什么总有人会自觉不自觉地去相信自己原本并不相信的东西？

在回赠我如此两个问号后，朋友甲意味深长地看了我一眼，然后嘿嘿嘿笑出了声。

班里有个女孩叫小芬

半个学期下来，年轻的李老师颇多感慨：做老师原来全然不像自己在师范读书时所想象的那样轻松和简单呀！那些十五六岁的学生也真是的，他们怎么会显得那样的活跃和复杂，又常常不把读书当一回事呢？记得自己读初三的时候，只知道一天到晚地看书和写作呢……

不过，令李老师感到很欣慰的是，班里毕竟还有着像小芬那样的学生。

小芬今年十六岁。课堂上，她那对圆圆亮亮的大眼睛总是一个劲地朝着讲课的你扑闪，生怕你会突然溜出教室去似的；集体朗读课文时，声音最清脆响亮的也准是她……而且，差不多每天放学以后，别人都早已出笼的鸟儿一般四散飞开了，她却还时常会来办公室或者干脆就直接闯进教师宿舍去提出这样那样的问题。哦，这小芬心里似乎有着永远也提不完的问题呢。而且，每次提出问题之后，她总喜欢静静地站立在离你很近的地方，微红着脸听你的解释；有时候，听着听着，她还会忽然弯下腰，将头凑在你的脸旁，然后轻轻柔柔地说一声："是不是这样的……我懂了。"

小芬也确实是懂了。她的成绩便是最好也是最有力的证明。这不，这次期中考试是全区统考，小芬的语文得了 93 分，位列全区同年级第三名。李老师自然很为小芬的成绩而高兴－自豪——学生的"丰收果"里，有她的一半也有我的一半呢！

期中考试之后，小芬还是一如既往。

这天是星期六，下午不上课。李老师正在自己的宿舍里看书，随着吱呀一声门响，小芬进来了。小芬今天穿了身李老师还不曾见她穿过的很亮丽的连衣裙，头发显然刚洗过，还飘散着淡淡的洗洁精的幽香。她手里拿着本软面抄，说是自己写了篇作文，来请李老师看看。

李老师当然很乐意，就放下手里的活，接过小芬的作文看了起来，小芬则微红着脸，扑闪着一对圆圆亮亮的大眼睛，与李老师离得很近地静静地站立着……

这时传来了敲门声。然后又有人进了屋子。接着便见李老师一下跳起来，极兴奋地朝进屋来的人嚷起来："是你呀！怎么不先打个电话，我好去车站接你呀！对啦，你是怎么找到的这地方呀？"

来人是个与李老师差不多年纪的留披肩发的姑娘。李老师那么嚷完后，就过去一把拉住这姑娘的手，然后向小芬介绍说："叫她张老师吧——哦，不，你应该叫她李师母才对呢！"

听了这话，那姑娘似乎忍不住，就伸手打了李老师的肩膀一下，而这时的小芬，却忽然有了自己的肩膀一阵麻木的感觉，然后，她便拿起那本已被李老师扔在桌子上的软面纱，说了声："我，我回去了。"就头也不回地转身走了。

自这之后，小芬不仅再也没去过李老师的宿舍，就连办公室也不去了。起初，李老师还有些不知不觉，可当他有一回检查作业时发现唯独缺了小芬的那本后，便终于发现了问题：小芬最近怎么啦？上课时为啥再也见不着她那圆圆亮亮的大眼睛，也再也听不到她那清脆响亮的声音了呢？她又怎么会连作业都不交了呢？

李老师就去找小芬谈话，问她为什么突然对语文失去兴趣了。但无论李老师问的是多么的亲切和气，说的是多么的苦口婆心，小芬却总是不作回答。于是，李老师忍不住，就失望又无奈地训了小芬一句："你简直莫名其妙嘛！"

这时，小芬眼里就滚落了两行泪珠。而到了晚上，她的日记本便又会少去一页——小芬总是先在那页纸上胡乱地画一阵，然后就撕下来扯个粉碎，并恨恨地扔出窗去。

如果将小芬扔掉的纸片拼起来复原，我们就会发现：那些纸上原来总画着一个人，一个留披肩发的姑娘，样子极像小芬只见过一面的"李师母"。

 # 紧急会议

"当——"

镇政府会议室墙上的挂钟极清脆嘹亮地敲响了下午一点的报时声，也差不多就在这时，西关村的杨村长满头大汗地进了会议室，接着，在会议桌旁一屁股坐下的同时，杨村长还忍不住自言自语了一声："还好，总算是准时赶到了！"

这时候，见会议室里该来的人都已到齐了，镇长便一边借茶水清了清嗓门，一边下意识地朝一旁坐着的秘书小赵望了很满意的一眼，然后就宣布会议正式开始。

镇长告诉大家，他在前几天去县里开了一个会，那会议的名称叫爱国卫生工作动员大会，县政府要求各乡镇、村一定要继续抓好爱国卫生工作，因此，镇里要求各村一定要……云云。

就这样，镇长在甲乙丙丁一二三四地说了一个多小时后，便宣布："我要说的就这些，会议到此结束。"

要是在以往，参加会议的人这时都会走得争先恐后。但这回却有些不同，在镇长宣布完"会议到此结束"后，会议室里便立即响起了嗡嗡的议论声，其中有位村长还高门大嗓地骂起了娘来："不是说开的是紧急会议么？这他妈算什么紧急会议呀！"

听了这话，镇长不禁拍了拍身旁那秘书小赵的肩膀，微笑着说道："是呀，这次会议的通知上说的是紧急会议，这还是小赵的妙计呢。"紧接着，镇长便很有点严肃地又朝大家说道："先前开会，不总是通知说一点半开，实际上却是到了两点半甚至是三点半，还因为人没到齐而开不起来么？这回的效果就是好！也希望大家以后开会再也不要拖拖拉拉啦！……"

不用说，这次会议是有些不欢而散的味道的，但镇长却通过这次会

议发现了小赵是个人才——他聪明，肯动脑筋，会想办法。因此，三天后，小赵便不再是镇政府的秘书，而是镇政府的办公室主任了。

话说这天下午，新任镇政府办公室主任不久的小赵刚走进办公室上班，便接到了县政府办公室打来的电话，说是据气象部门通知，当天傍晚将有一场特大风暴袭击本地，为此，县政府要求各乡镇立即发动并组织所属各村做好抗灾抢险的各项准备工作。

哦，这可是个人命关天的紧急情况呢！小赵自然不敢有丝毫的马虎，经向镇长汇报并与镇长商定后，他便马上同时启用办公室里的三部电话机，给下面各村发通知："喂，请各村村长务必在半小时内赶来镇政府参加紧急会议！"

然而，半小时很快就过去了，镇政府的会议室里却除了镇长和小赵外别无他人。这使镇长急得头上冒了汗。小赵自然也同样，在门口看了又看却还是不见人来后，他就只得再次拎起电话，并先打给了离镇政府最远的西关村："喂，是杨村长吗？你怎么还在村里？赶快来镇政府参加紧急会议呀！"

对此，电话那头的杨村长却这么回答道："哈哈，小老弟你又想唬人了呀？你可要知道，老哥我可是在你还穿着开裆裤的时候，就已经听过狼来了的故事了呢！"

话音刚落，没容小赵再说什么，杨村长那边已"嗒"的一声把电话给搁上了……

这以后，由于紧急会议没有开成，有关抗灾抢险的准备工作自然也便没能落实。结果，那说来就来的特大风暴，便使江泾镇蒙受了十分惨重的损失……

因此，县政府在事后对江泾镇作了通报批评，而镇里则对办公室主任小赵作了严肃处理：将他削职为民。

"难道不全是你坏的事么？"离开镇政府回家的路上，想着镇长怒气冲冲地斥责自己的这一句话，小赵不由得两眼红红的。

遇

　　杨先生一见着那"神仙楼"三个大字，便立刻有了种眼前一亮的感觉——神仙楼？好让人飘飘然的名字呀，这儿莫不就是朋友所称的酒不醉人人自醉、潇洒逍遥又自在的地方？

　　杨先生是外地人，来邕城出差的。在杨先生动身前，有位先前到过这座城市的朋友，曾专门向杨先生介绍过他所知道的这座城市的情况，并有滋有味地特别提到了他在这儿的一番艳遇，还很经验又很知己地开导杨先生说："男人嘛，出门在外，就更该寻找机会，潇洒走一回呢！"

　　凭良心说，杨先生并不是那种"馋嘴猫"式的男人。但身处他乡还真有些寂寞，因此，朋友说过的话便时不时自觉不自觉地要在杨先生的耳际隐隐响起。而此刻，眼望着霓虹闪烁中的"神仙楼"，杨先生心里终于忍不住起了某种冲动，于是，他就像那些刚吃过迷魂药或者是决定要铤而走险的人一样，怀着欲望上了"神仙楼"酒楼。

　　"先生您好！请问几位？"

　　柔柔的轻音乐中传来的礼仪小姐这声甜甜的问候，令刚踏进酒楼门厅的杨先生一下便有了那种"酒不醉人人自醉"的感觉，而在将厅堂环视一周之后，杨先生则更是认定这儿大概就是朋友"艳遇"的场所，也认定自己今晚是将在此"潇洒逍遥又自在"一番的了——瞧那些统一着装的小姐，个个都仙女似的，光看上一眼就已经是种福分了呢！

　　这之后，杨先生便有意无意地按着朋友的"经验之谈"，先是选了个属闹中取静的地方落座，随后要了一瓶啤酒，点了几个菜，慢慢地独斟独饮起来……

　　不一会儿，有小姐送来热毛巾。这时候，杨先生便带着几分酒意，有意无意地依着朋友的"经验"，在接过那热毛巾的同时便顺势握住了小姐的玉手——照朋友说的，这时候的小姐便会先是嫣然一笑，接着就会进一步跟你贴近，然后……

但是不。朋友的"经验"在这里显然不灵验——尽管那小姐脸上倒也确乎挂有笑意，可她并没有朝杨先生贴来，而是在很快抽出自己的小手的同时，依旧甜柔又不失严肃地对杨先生说："先生请自重！"

这令杨先生很是意外，不禁脱口道："这儿不是叫'神仙楼'么？我不是该得到神仙一样的享受么？"

"是的，您在我们这儿是完全可以得到神仙一样的享受的。"小姐回答，"只是先生您对'神仙'的理解似是出了偏差——'神仙'是一种境界，一种极其美丽的境界，一种美丽得容不得有半点灰尘污染的境界。"

这么说完，那小姐便弯下腰，拣起来不知怎的被杨先生弄掉在地上了的那块热毛巾，又迅速拿来了一块新的热毛巾，并边递给杨先生，边又说道："听口音，先生您是外地人吧？其实，您虽出门在外，可您身后依然一直跟着您夫人，还有您孩子和您父母的眼睛呢！"

接着，小姐留下一声"先生您慢用，有事请吩咐"，便转过身，袅袅婷婷地到别处招呼去了……

这时的杨先生，先是愣愣怔怔地坐在那儿发了一会儿的呆，接着，只见他有些脸红耳赤地站起了身来——在他离开"神仙楼"前，他又特意找到那位小姐，很是真诚地道了声："谢谢！谢谢你让我懂得了'神仙'的境界！"

三天后，杨先生离开这座城市回到了本地。当他那位朋友似是很有深意地问他"怎么样？对那座城市的感受一定很深吧"时，杨先生便神采奕奕地回答道："是啊，我的感受和你一样的深，所不同的，你是下了一回地狱的那种感觉，而我则是上了一回天堂的那种感受……"

山　根

　　山根怎么也不会想到，这座让他翻了一整天的大山、又坐了差不多同样一整天的汽车才来到的城市，迎接他的，竟是一场熊熊大火！

　　好不容易才上完了初中却怎么也没法再去读高中的山根，是满怀着向往、希望和信念，同时瞒着自己的爹娘，只身悄然来到这座城市的——他的计划，是先在城里找份活干，然后就边干活边自学高中的课程，三年后去考大学。

　　不过，此时此刻，面对着就在汽车站出口处不远的那幢浓烟滚滚的大楼，山根却早已将自己的计划忘得一干二净。

　　现在的山根，耳边只是一个劲地在响着他在家时常能听人念叨的那句山里人的俗语：见火不救不是人！

　　因此，尽管山根心里一时间很为身前身后那些陌生的城里人感到纳闷、疑惑甚至是气愤——他们怎么只顾着在嘴上叫喊"快打119！快打119"，却谁也没动手去救火呀？但他却是毫不犹疑地挤出人群，直朝那滚滚浓烟冲了过去……

　　不过，就在快要接近那幢失火的大楼的时候，山根又返身跑了回来。

　　山根想到自己手里还拎着装有日记本、书籍和几件替换衣服的提包——拎着这提包怎么去救火呀？

　　于是，山根就将这提包朝离他最近处的一个戴着眼镜的老人手里一塞，同时说了声"请帮我拿一下"，就又转身向那幢浓烟滚滚的大楼跑去了。

　　身后，山根听见那老人在喊：小伙子，危险，千万小心哟！

　　山根便头也不回地回答道：啥危险，见火不救不是人呢……

　　就这样，山根已冲进了那幢大楼。差不多与此同时，随着"呜——哇，呜——哇"的警笛声，消防队也赶到了……

这之后，那幢大楼的火终于被扑灭了，山根却躺在了医院里。

　　山根是在火灾发生后的第二天上午才睁开眼睛来的。

　　见自己的眼前已不再有滚滚浓烟而是一片洁白，山根忽然想起了自己那装有日记本、书籍和几件替换衣服的提包，于是他便喃喃着自言自语道：我的包，我的包呢？

　　这时，在山根的病床前已守护了十多了小时的那个戴着眼镜的老人，就一边将那提包递到了山根的眼前，一边对山根说道：小伙子，你放心，你的提包在这儿呢。

　　老人接着又对山根说道：我说小伙子呀，你也实在是太莽撞了点呢，那么大的火，要是……不过，小伙子，你又实在是太让我感动了……

　　然后，老人就拉着山根的那只缠满了绷带的手，告诉山根：小伙子，请原谅我已翻看过你的提包了。对啦，你不是想来城里读书的么？你就到我的学校里来读吧！

　　不，我没钱交学费，我是想边打工边自学呢。山根回答。

　　这时，那老人就眼眶潮潮地边使劲摇着山根的那只手，边说：不，你不用交学费！我不要你交学费！我也不许你去打工！因为，我的学校即使是只招收到像你这样的一个学生，也已经很值得我把它办起来了！

　　老人是来汽车站附近为自己那即将开学的民办高中做招生宣传的校长。

# 野心家的诞生

办公室的地，历来都是办公室里资历最浅的人扫的。

所以，当新来的大学生见上班十多天来除自己扫过一回地外，就再没看到过有谁扫过地，因而向主任提出来该在办公室里排个卫生值日轮流表的时候，便遭到了一致的白眼。而且，眼睛白得最厉害的C君，还带着教授般的神情，给大学生上了这么一课："我说同志喂，你在大学里一定也受过要多做好人好事、多经受锻炼的教育吧？"

事实上，在大学生来这儿之前，C君便一直是这个办公室的扫地承包人。而如今，眼见着自己终于有了接班人，终于可以媳妇熬成婆了，大学生却出了这么个馊主意，C君自然是不反对才怪呢。

当然，那大学生到底是大学生，听了C君的话，他马上便辩出了其中的滋味，于是，他就当即拿起墙角里的扫帚，默默地扫起了地来……

就这样，大学生扫了整整一年时间的地。

一年后，也不知是能力强的缘故，还是机遇好的原因，大学生坐上了这个办公室的主任的交椅。

于是，大学生便在走马上任的第一天的早晨，在办公室的墙上贴出了一张卫生值日轮流表。

说实在的，大学生在做出这么个决定的时候，他是准备好了去看大家的白眼的，就像一年前一样。

然而，在见了那张表，又听了大学生主任的有关宣布之后，办公室里的人竟谁都没有表示异议。不仅如此，大家还纷纷赞扬主任做得很必要又很及时。这同时，C君还带着满脸的钦佩和激动，这样表示："是啊是啊，一定要有规章制度呢，所谓国有国法家有家规嘛——主任此举正确！英明！"

对此，大学生主任心里自然很高兴，也很欣慰。不过，回想起一年

前自己提出那个建议时的情形，大学生主任又不禁感慨万千……

　　这之后，若有所悟的这位大学生主任，便暗暗地萌发了要当上整个单位的头儿，甚至是更高更高级别的头儿的野心——因为他发现，同样的一句话，或者是同样的一件事，从没权的人嘴里说出来与从有权的人嘴里说出来，或者是没权的人去做与有权的人去做，那作用和效果的差距，实在是太大太大了。

威　胁

随着"砰"的一声门响，许言午气呼呼地出了家门。

许言午当然要生气，因为，身为禾城的一名已足可称得上是八面威风又一呼百应的"款爷"，他实在是连做梦也不会想到老婆竟然说要跟他离婚——他只常见别的那些老板（有的甚至充其量也不过是个"小板"）发达后要"休"掉家里的"黄脸婆"，换一个青春亮丽的小姐尝新鲜，却从来不曾听说过有哪个女人会主动跟老板男人提出离婚的事呢！

事实上，这些年中，想对许言午的老婆"篡权"的青春亮丽小姐倒有得是，只是许言午总立场坚定旗帜鲜明地不为心动罢了。对此，许言午那些商界朋友还常这样说他："你呀，在商场上绝对是个令我们自愧弗如的气魄非凡的风云人物，可为啥在情场上总显得那么保守胆小，何不潇洒走一回呢？"甚至还有人要跟他开过这样的玩笑："该不会是你老兄一天到晚为赚钱的事操心，所以累得自己那宝贝都不大管用了吧？"

对此，许言午总是以笑作答。他的笑中含有两层意思：一是笑那些商界朋友常图一时快乐而朝三暮四致使精力涣散，这样自然就不可能在商界有作为到他那个地步；第二则是在为自己的老婆骄傲——她不仅是他白手起家时的得力助手和参谋，而且虽然现在早已年过三十，可她那脸蛋、那身段、那皮肤、那气质等等，却全都比那些所谓青春亮丽的小姐有过之而无不及呢！

与有着敏锐的商业眼光和头脑一样，许言午对女人也独具慧眼。可以这么说，老婆在他眼里一直是块宝，甚至是一块护身符，而决不是一只可随时随地脱下换掉的鞋子什么的。也正因为如此，当他在又顺利地完成了一桩大买卖后兴冲冲地回到家里，一边喜滋滋地告诉老婆自己这回又进账了整整八十万，从而使自己银行户头上的数目已突破八百万大关，一边情意绵绵地准备着要与老婆痛快淋漓地温存一番的时候，他更无论如何都想不到也不能容忍老婆会对他说"不"，而且还威胁"你要是再不听我的话，我就跟你离婚"——你要我听你什么?! 你难道还嫌我赚的钱少么?! 再说，这些年来我一直都把你宝贝似的哄着这还不够么?!

现在，许言午正独自坐在那家平时常与老婆一起成双成对出入的咖啡屋里，边闷闷地喝着特意不叫放糖的咖啡，边一支接一支地抽着闷烟。他实在是想不出来老婆威胁要跟他离婚的原因，也真的不明白老婆所说的"你要是再不听我的话"究竟指的是什么，他甚至还因此闪过了今晚上老子干脆去找个小姐"潇洒一回"的念头……

也就在这时，口袋里的手机响了，许言午把手机接通后，才知道原来是老婆在找他。老婆在电话那头说："你逃避什么? 你至少应该听完我的话再走呀?"

"我是逃避么? 我用得着听完么? 你根本就是莫名其妙嘛!"许言午带着余气回答。

"好吧，就算我是莫名其妙，"老婆又道，"但我不管你现在是在哪里，正在干什么，我都希望你能把今天晚报第二版的头条那篇报道仔细看看。"

这样说完，老婆便搁下了那头的电话。

于是，愣怔了一会儿后，尽管心里依旧对老婆怨气难消，但许言午还是让咖啡屋里的小姐给他拿来了那张当天的晚报——他想知道老婆要自己看这张报纸又到底是什么意思。

晚报第二版头条那篇报道，题目叫《偷漏税：法网难逃》。

先粗后细看罢那篇报道，在忍不住为报道中提到的那些人和事不寒而栗的同时，许言午忽然记起了老婆平时常跟他说，他又常不以为然的那些话来："你千万别以为反正自己方方面面都摆得很平，所以就可以把那些应该上缴的税利也都留在自己的帐户上……"而且，自己先前出门时老婆在他身后说的一句话也隐隐约约地又响起在了许言午的耳边："我可不想自己总有一天会成为活寡妇呀……"

也就在这时，远处传来一阵"呜哇——呜哇——"的警车声响，许言午听了不禁胆点心惊起来，于是，在将手中的烟头使劲捻灭在一边的烟灰缸里，并把那杯苦苦的咖啡一饮而尽之后，许言午便嘀嘀嗒嗒地按响了手机，听到电话那头传来老婆的"喂"声，他就告诉老婆："你是对的，我现在就去税务局，你一定要等我回来……"

感　觉

老周在前一天发了笔小财——他把家里更新换代下来的一台旧电视机、一台旧洗衣机和一台旧收录机卖给了上门来收旧货的人，得了四百元……本来，老周以为这些用无可用又弃之可惜的劳什子，是只能搁在家中的墙角里任由它们占据宝贵的空间，或者是只能用于忆苦思甜了，却没想到它们居然还能换成整整四张"老人头"——这难道不算是一小笔意外之财么？

老周的感觉，自然便十分的得意和惬意了。

于是，这天下班时，老周一高兴，就拉住了同办公室的小周的手：走，上肯德基去，今儿个老周我请客！

在肯德基，老周请了小周一块鸡腿、一个汉堡包、一根玉米棒和一杯咖啡。

但小周却很有些诸如无功受禄之类的恍惑和迷茫，便边啃着香酥的鸡腿边问老周：老周你这般破费是为哪般么？

老周就欣欣然回答：我昨天把家里的旧电视机、旧洗衣机和旧收录机卖了，这些本已无价值的东西换来的钱，当然就跟白捡到是一样的，所以让你也分享一点呢。

哦，原来是这么回事——对啦，你这三件东西卖了多少钱呀？

四百。

才四百？哎哟，老周你亏啦！

亏啦？为什么？

昨天城东新开张了一家旧货行，你知道不？

不知道。

嗨，你家那几件东西我见过，按我昨天看到的那家旧货行的收购价，你这三件东西至少可卖到五百五呢。

什么?!

几秒钟前还极为好吃的汉堡包,忽然间便在老周的感觉中变了味。

这之后,虽然小周依旧兴致很高地在一旁说着那家旧货行的有关的话,可老周却是一句也没听进耳朵里去。

接着,老周推说自己的胃有些不适意,就连杯子中的咖啡也没有喝干,急着回家了。

但事实上老周并没有回家。

老周去了城东那家还没关门的旧货行。

果然……

于是,在真的回家的路上,老周便忍不住对那个根本不在眼前的上门收旧货的人,骂了几百遍的"我操你妈"。

然后,老周又骂自己实在是太不灵市面、太不懂行情了。

然后,老周还骂那家旧货行迟不开张早不开张,偏偏在他刚把家里的旧货卖掉的时候开张。

然后……然后再能骂谁呢?

对啦,把我的感觉弄得这么糟,根源其实全在那该死的小周身上呢——你不跟我提那旧货行的事,我们不就可在肯德基吃得太太平平又欢欢喜喜么?你不跟我提那旧货行的事,我此刻不也就用不着这么懊恼了么?

嗨,那鸡腿,那汉堡包,那玉米棒,那咖啡,还真不如喂狗呢!

于是,第二天上班后,尽管小周再三关切地询问着老周的胃是不是没问题了,可老周却像不认识似的,居然一整天都没理睬小周。

 # 故 事

那一次，单位领导临时指派汝同志去外单位办事，由于路不近，事又急，且时间已不早，汝同志便当即丢下手头事务，出门跳上了一辆"公交"。

车里很闹，既人挨人又人挤人的。汝同志上去后，就一边朝身旁的人不迭声地说着"对不起"，一边赶紧伸手抓住了车厢里那根单杠似的吊竿。

也就在这时，凭着作家那份职业的敏感，汝同志发现跟他一同上车的那两个相貌很称得上齐整的小青年有点儿不大对头：他俩都一只手拎了件上衣——天又不热，甚至还很冷，他俩为什么要脱去上衣拎在手里呢？而且，他俩上车后还只顾一个劲地往人最拥的地方钻，眼神则显得那样的不安分……

小偷！汝同志脑海里就不由得跳出了这个词汇。

于是，在高度注意着那两人的举动的同时，汝同志便急速地运转着自己的思维，希望能想出个阻止他俩行窃的办法来。当然，这过程中，汝同志首先起的念头，便是可在他们实施行窃时冷不防大喝一声，然后来个人赃俱获。但这念头又很快被汝同志否定了——自己乃一介孱弱书生，可谓手无缚鸡之力，到时若出现新闻报道中常见的包括那受害者在内的别人都明哲保身的局面，那么，自己又怎么会是这两个年轻力壮的小青年的对手呢？而要是这两个家伙在事情败露后狗急跳墙，拔出刀子什么的来行凶，那就更是会办了坏事——这般人多之处，那肯定将伤及无辜呢！

思来想去又想去思来，汝同志最终到底是从身边一个有座位并正在那儿闹中取静地看着一张报纸的乘客身上获得了灵感，于是，他就故意用了能让那两个显然是心怀鬼胎的小青年能听得见的声音问那乘客道：

"哦，同志你看的是昨天的晚报吧？不知上面有没有我们所把一个盗窃团伙一网打尽了的报道？"

"什么盗窃团伙？什么你们所？我看的是证券报呢。"

不用说，那人的这一回答完全是汝同志意料之中的。但他将计就计，紧接着也不管人家究竟是爱听还是不爱听，就眉飞色舞地讲起了一个虚构的、派出所民警破获了一起盗窃团伙的故事来……

当然，汝同志的故事对那两个小青年起了作用。这不，他们终于不再在那儿乱钻了。他们甚至显得比别的乘客更加的安分守己了……

就这样，车已到了第一站。车刚停下，那两个小青年便一声不响又逃也似的下车去了。

然后车又启动了。这时，车上的售票员忽然朝大家发话道："喂，大家都看看自己有没有少钱包什么的吧。"

"怎么回事？究竟出了什么事？"听了售票员的话，车上的乘客们都纷纷边下意识地检查着自己的口袋，边七嘴八舌地问起了售票员来。

于是，售票员便朝车窗外努了努嘴，说："喏，刚才下去的那两个人是小偷呢。"

"什么？他们是小偷？你是怎么知道的？"

"我怎么会不知道？他们差不多每天都在这条线上找机会下手呢。"

"那你为啥不早说呀？瞧，我们车上正好有便衣警察同志呢，不然就可以把他们一网打尽了呢。"

这回，那个在看证券报的乘客也忍不住开了口，这样说着，他还向朋友介绍别的朋友似的，伸出手来拍了拍身旁的汝同志的肩膀。

汝同志于是就一下成了车厢里的人们注目的焦点。一时间，汝同志甚至还被人们的目光灼红了脸。这同时，汝同志就忍不住很不像个便衣警察似的颇为感慨地叹了一句："唉，小偷所以会这么大摇大摆，原因就在于……"

三七二十一个巴掌

因为半路上返回办公室来拿忘记在办公桌上的一包东西，张三便跟主任与雅倩的私情撞了个满怀——打开办公室门的刹那间，原以为下班后的办公室一定空空荡荡的张三，真有些目瞪口呆了：他压根儿没料到主任和雅倩还在里面，更没想到做雅倩的父亲都绰绰有余的主任，竟会与雅倩有这档子关系，而且他们居然会在办公室的单人沙发上弄那种事情！

现在，张三已不记得自己是怎么离开"现场"的了。他只记得自己当时朝主任说了一连串的对不起。

张三真的觉得有些对不起主任。因为，在一贯都谨小慎微的张三看来，作为一个下级，自己如此这般将主任的最隐秘处都看了个一清二楚，那可真是对领导的失敬和莫大冒犯呀！

因此，在十二分地懊悔自己千不该万不该回办公室去拿那包劳什子东西的同时，张三就一个劲地告诫着自己：我什么也没有看见！我对包括老婆在内的任何人，都不能说自己看见了什么！就是有人将刀架在了我脖子上，我也决不能告诉他们主任与雅倩之间的事情！

张三决心为主任与雅倩保密。张三相信此事除当事人外，便只有天知地知他知，而只要给嘴巴贴上封条，自己也就可以弥补对主任的对不起了。

然而，第二天上班后，尽管见到的主任与雅倩都一脸什么事也没发生过的样子，但当发现有人在一边窃窃私语时，张三却不禁立刻竖起了耳朵——他们这是在谈论什么呢？他们该不会是在谈论主任与雅倩的事吧？

因为相信主任与雅倩的事只有天知地知他知，同时决心为此事保密，三张便非常担心别人会通过这样那样的途径，了解到主任与雅倩间的私情，或者哪怕是捕风捉影地怀疑主任与雅倩的正当关系——那样的话，主任肯定会以为这是他张三走漏的风声，如此，自己可就跳进黄河也洗不清了呵。

张三自然不想去跳黄河。

所以，这天上班后不久，张三便先是不动声色又极为细心地将那只单人沙发查看了一番，以便及时清除掉主任与雅倩在弄那种事情时有可能遗留下的蛛丝马迹，然后就一直保持着高度的警觉性，对别人察言观色，听话听声……

就这样一天又一天。

就这样，由于心头总有一块石头压着，张三的工作便常要出现差错，日常的饭量也减少了，睡眠也不安稳了，连眼圈也凹陷下去了……

终于，这天半夜，在做完了一个自己被主任左右开弓连打了三十二十一个巴掌的噩梦后，张三发起了高烧来……

此刻，张三正躺在医院的病床上。

张三的病床四周，围着闻讯前来看望他的单位里的同事。这其中也有主任与雅倩。主任与雅倩就那么肩并肩地站着，一个在问张三是不是好点了，一个在为张三削苹果，两人同时还在眉来眼去……

这时候，已经退了烧的张三忽然笑了起来，心里在说：为什么他俩都若无其事又旁若无人，我倒要耿耿于怀并担惊受怕呢？我他妈这不是太犯不着，也太犯傻了吗？

于是，张三就在意识里朝自己左右开弓连打了三七二十一个巴掌。

摇　篮

张三做上局长秘书后，差不多还没来得及高兴，脑袋便耷拉了下来。

原因是张三上任后给局长写的第一份材料，便没有通过局长的审阅。

那是县委要该局写的一份关于该局开展帮困扶贫活动情况的总结。为此，张三虽然称得上是绞尽了脑汁费尽了心血，将能找到的事例和可查到的数据都一个不漏地写了进去，文字组织上也绝无错别字或病句之类的问题，但局长看后却大摇其头，说：凭你这份总结我们能评上先进？又道：你呀，思路不开阔，思想不解放，思维不灵活！

这可让张三觉得实在是不解和委屈——有关局里开展的帮困扶贫活动情况，我绝对是全面又详尽地总结出来了的，局长为啥还不满意呢？这跟思路、思想、思维之类又有啥关系呢？

张三便很有些坐立不安，吃不香睡不稳。

这自然瞒不住老婆那明察秋毫的眼睛。老婆问张三：我说你这是怎么啦？新用的马桶还三日香呢，你怎么刚当上那让人眼红的局长秘书，反倒日子不好过起来了呀？

张三就把自己的不解和委屈一苦脑儿地向老婆作了倾诉，并把自己写的那份总结摊开于也在本局工作的老婆面前，说：你看看，然后你再实事求是地说说，我这份总结到底写得怎么样？

听了张三的话，老婆便真的看起了那份总结来，然后道：实事求是地说，你这份总结是写得不错的，不过，局长的话也说得没错。

这……你这是什么意思？张三不禁显得更加的不解和委屈了。

这时候，老婆却在略作思考状后，转身去里屋拿出来了几本杂志递给张三，说：你还是先别管我的话或者是局长的话究竟是什么意思，先用它们调剂调剂自己的精神吧。

这样说着，老婆还特意将其中一本杂志翻到某页，并手指着那一页道：喏，你先平心静气地看看这篇东西吧。

那是篇小说，而且是篇获奖小说，但张三事实上早已读过。所以，张三就说：这篇东西我早读过了，只是，我更不懂你这是什么意思。

你还是要问意思？老婆道，好吧，我问你，这篇东西为啥能获奖？

当然是它的内容好呗。

那你可知道它的内容是怎么来的？

这——当然是作家虚构出来的嘛。

这就对了呀——要是你想自己的总结也"获奖"，你就应该也要会"虚构"呢。

可是——

别可是了，亲爱的。局长不是要你思路开阔些、思想解放些、思想灵活些……

这之后，局长看过张三那份总结的修改稿，脸上便灿若桃花了。

接着，张三为局长做的一份又一份材料，全都得到了局长的充分好评。

所以，一年后，局长因政绩显著而被提升为县长时，局长——哦，不，现在应该称县长了——便十分明确地要张三也跟着上一个台阶：继续做他的秘书，县长秘书。

对此，尽管老婆是欢喜得合不拢了嘴，还一个劲地强调着"丰收果里，有你的一半也有我的一半"，但张三却同样十分明确地谢绝了新县长的好意，说：不，我已为自己找到了新的职业。

张三为自己找的新职业，是写小说。

可不是，到如今，张三已是位在省内乃至在全国都称得上是响当当的作家了呢——张三的作品接二连三地报纸杂志上发表，还时常获得各级各类的奖项，他的声誉显然要比县长还大呢。

好 人

史锋是单位里出了名的好人。

据说，都已经40岁的人了，史锋还从来不曾跟谁拌过一回嘴，或者是说过一句有谁听后哪怕会产生一丁点不好受的话。

因此，那一年，当电视里唱响《好人一生平安》这支歌时，人们就都朝史锋道：听，电视里都有专门送你的歌了呢。

听了这话，史锋心里自然会蜜样的甜。他还常常要一个人仔仔细细地去听那支歌。史锋当然也相信好人是会一生平安的。

然而，此刻，好人史锋却正站在法庭的被告席上——不久前的一天，他竟用自己家里的那把水果刀，捅进了他所在单位的头儿的胸膛！

法官问史锋：你为什么要杀人？

史锋回答：我恨他。

为什么恨他？

他欺人太甚。

他是怎么个欺人太甚的？

他不仅故意不给我长工资，不让我升职，不分我家房子，还拿加薪、晋级、房子等等做诱饵，勾引我的老婆……

这时候，法庭上出现了一阵沉默。

然后，清了清嗓子的法官又问史锋：你知不知道杀人是犯法的？

史锋回答：知道。我参加过普法学习，我的普法考试成绩还是全单位第一名。

那你为什么要知法犯法？

我——我是别无他法。

别无他法？你既然懂法，就应该想到可通过法律的途径去解决问题呀。

可是，故意不给人长工资、不让人升职、不分人家房子，这一切都没有法律条文明确说是错的呀，而勾引人家老婆，说得最严重也不过是生活作风问题……

　　法庭上于是就又沉默了一段时间。

　　但法律最终是不能沉默的——因此，一直都是有口皆碑的好人史锋，结果还是进了监狱并以故意杀人罪被判处死刑。

心灵感应

　　那天半夜，正当我在梦中极是痛快地抽打着同事张三的耳光，并为自己只一巴掌就劈歪了张三的鼻子而舒畅得手舞足蹈的时候，床头柜上的电话机忽然铃声大作，于是，那该死的张三便有如得贵人相助似的得以悄然隐去了，而我，则在嘀咕了一句其实是连自己都不清楚的什么话后，便翻过身去很不情愿地拎起了电话听筒。

　　"喂——"

　　电话里一时竟无声响。而就在我忍不住又暗自嘀咕了一句什么，然后准备搁下这听筒时，对方又终于开腔了，说："是李四吗？我是张三呀，你——你没事吧？"

　　听了这话，我不禁暗自一惊又一怔。我正在梦中抽打张三的耳光，他怎么会那么巧还深更半夜的给我打电话呢？莫不是这家伙有什么心灵感应，知道我这段时间对他怀恨在心，并且正日有所思夜有所梦地在借梦境宣泄那种仇恨，所以他便扰我好梦来了？

　　但事实似又并非如此。因为张三在电话中这样告诉我道："李四呀，我刚听下夜班回家来的老婆说立交桥那儿出了车祸，撞死了一个名叫李四的人，便担心是你出了事，所以特地来问个明白——现在好了，知道了你没事，我也就放心了。好啦，再见！"

　　这回，在依旧要一惊又一怔的同时，我只觉得自己那握着电话听筒的手突然就僵硬了起来，心里则在顷刻间便涌满了内疚和羞愧之情——张三原来这般关心着我，我却要对他怀恨在心，还要借梦境一巴掌劈歪他的鼻子，这不是太恩将仇报、太问心有愧了么？特别是在第二天一早又证实了立交桥那儿昨晚确实出了车祸，并且是确实撞死了一个与我同名同姓的人之后，我心里便更是愧恨交加并令我坐立不安：将心比心，我实在是太小人——不，实在是太不是人了啊！

于是，这天上班后见了张三，我就一下紧紧地握住了他的手，同时极为真诚又极为殷切地告诉他："今天下了班别回家，咱兄弟俩喝一杯去！"

我要用我的真心诚意去弥补自己对张三的罪过。

对于我的邀请，张三显得十分愉快地当即点头接受了。后来，在离办公室不远的那家小酒馆里坐下后，当我有意无意地说着"要是我先前有啥不是还望老兄多多包涵"时，张三还显得很大人不记小人过地连连罢手回答着"没啥没啥"，而在喝完了酒后，他甚至还抢先一步奔向柜台，非要由他付账不可……

此后，我和张三便有事没事总要在一起说说话儿，哪怕只是拉上几句家常。当然，往往是我更显得主动些——主动去找他，主动与他聊天，主动……而随着接触的增多，交往的加深，我和张三没多长时间便成了从外到里都称得上是完完全全的朋友了，单位里的人就开始把我俩叫做"异姓兄弟"，甚至，单位头儿还多次在大会上批评有人同志间闹不团结的时候，专门以我和张三的关系作正面例子，要求大家一定都要向我和张三学习，一定都要像我和张三那样真诚相待，亲密无间……

这天是张三的生日，而且正好是周末，张三就将我拉到他家，说是这回我俩该为可贵的友情来个一醉方休了。

我自然乐意。而且，在去张三家的路上，我已经准备好了要将我那天晚上的那个梦境作为特殊礼物送给张三——我要把自己先前的渺小无保留地袒露在真诚的朋友面前，即使他会因我曾在梦中打过他耳光，而生气地在饭桌上回敬我非梦境的耳光。

只是，几杯酒落肚后，张三却没容我开口便先跟我说了那天晚上的事来，他问我："你还记得有天半夜我打电话给你那事吧？"

"记得，当然记得啊。"我回答。

"老实告诉你吧，我当时其实怀的是那种幸灾乐祸的心情，因为那时我其实在心里对你有着不少的疙瘩，所以，在听老婆说了那场车祸后，我便希望这电话不会有人接，希望……"

这么说着，张三已是泪流满面。我呢，一开始时自然是显得十分的惊诧，而且还很有几分愤怒——原来我是错将他的恶意当作好心了！不过，很快地，我的双眼又终因面对泪流满面的张三而也泛了潮，接着，我不由得十分动情地一把抓紧了张三的手，既像是在跟他更像是在跟自己喃喃道："过去的都已成为过去，重要的是现在呵!"

然后，我便高举起手中的酒杯，向张三提议道："来，为我们的现在——干杯!"

"干杯!"

就在两只酒杯相碰的刹那间，我分明看见它们一下碰出了一道极其耀眼的光，那样明亮、那样美丽的一道光——这该是一道比阳光还要阳光的光，该是一道足以证明我和张三之间有着真正意义上的心里感应的光呵! 我想。

发 现

那一年，当张三在无意中走进那个溶洞，见到里面怪石林立、曲径通幽的奇异景象时，他可着实是激动了好一阵子的——这里实在是别有洞天呀！

然而，在将那奇异景象看了个够后，从溶洞中出来的张三，却根本没想过要把自己的发现告诉别人，而只是在以后自己心情烦闷的时候，又一个人悄悄进过几趟那溶洞——他把自己的发现仅看成是一处供自己消愁散心的所在。

与张三相比，他的儿子张四在见着那个溶洞后，倒是很有一番发现者的心跳的。张四也想到了该把自己的发现告诉别人，他甚至还设想过别人很可能会因为他发现了这个溶洞，而将他称为英雄什么的呢。

但张四最终也到底没把自己的发现公之于众。因为他想：这个溶洞显然已存在很久很久了，没准别人个个都已在我之前见过它——要是那样的话，我还把这当作稀奇事去跟别人说，那可只会被别人看我的稀奇，笑话我少见多怪、大惊小怪呢……

就这样，一年又一年过去了。这期间，自然曾有一个又一个人进过那个溶洞，可他们又全都进则进矣，看则看矣，自己进过了，看过了，对外却个个无声无息。因此，那个怪石林立、曲径通幽的溶洞，也就始终只是一回又一回地被人发现，又一回又一回地被发现者埋藏在了各自的心间。

不过，前不久，当张三的孙子的孙子的孙子……也就是那个名叫张千万的人见着那个溶洞后，他却是不假思索地便将自己的发现逢人就讲了。结果，那个溶洞便终于在一夜之间成了当地的一大爆炸性新闻，继而又使有着如此一个奇异无比的溶洞的本地，立马成了蜚声遐迩的旅游胜地……

据专家考证，那个以发现者的名字命名的"张千万溶洞"，形成至少已有七八年了。

寒　蝉

　　那时侯汝同志还在一所学校里教书育人。

　　这是个窗外乱窜着西北风的怪叫声的冬夜。汝同志正端坐在自己的斗室里，为第二天要上的一堂跟其职称评定有关的校内公开课准备着教案。忽然，女儿推门进来，手指着一本书问汝同志道：爸，"噤若寒蝉"是什么意思呀？

　　哦，这是个成语，意思是像冷天的知了那样一声不吭，也就是形容不敢做声。汝同志脱口答道，而且，紧接着他又引经据典地给女儿讲起了这一成语的出处来：《后汉书·杜密传》中有这样一段话……

　　但女儿却立刻打断了汝同志的话头，说：爸爸，我刚查过《成语大词典》，你说的我都已经知道了。问题是：冷天哪还有知了呀？像现在，要是有人说他见着知了了，那他不是个神经病才怪呢，因为知了早都钻到地下过冬去了呀。所以我觉得：拿不存在的所谓"寒蝉"去形容不敢说话，那是在瞎比喻嘛！

　　听了女儿的这席话，大学中文系本科毕业的汝同志不禁心头一愣：嘿，女儿说得很有道理呀，我怎么就从来都没想过冷天究竟有没有知了，也没去想过"噤若寒蝉"到底是瞎比喻还是什么呢？

　　于是，有所思的汝同志便也有所悟了。

　　于是，第二天的那堂公开课上，在给学生分析讲解作文用词要准确的道理时，汝同志便以"噤若寒蝉"为例，说了他女儿的发现和看法，也谈了他自己的认识与感想……

　　下课后，汝同志觉得这堂课实在是他做教师以来上得最为顺畅也最为成功的一堂课。

　　然而，也就是在下课后，前来听课的校长，却容不得汝同志想去"W·C"轻松一下的念头付诸实施，便当即将汝同志叫进了位于教学大楼最高层的校长办公室。

你怎么可以这样上课呢！才进办公室的门，校长就朝汝同志劈头盖脸了这么一句，然后又道：既然早在《后汉书》上就已写着"寒蝉"两字，你就根本没必要再去疑神疑鬼嘛！再说，你这么讲了，叫学生到底是照书上说的去理解呢，还是按你说的去理解？特别是倘若以后考试时正好考到这个词的解释，你倒说说看：学生究竟该如何回答是好呢？

这么说着，校长似是口干了，就顺手操起办公桌上的茶杯咕咚咕咚喝了好几口的茶，随后一抹嘴，同时换了种口气告诉汝同志道：实话跟你说吧，要不是我觉得你平时的工作总的来说还是很不错的，否则，就凭这一堂课，我便肯定不会再考虑让你晋升职称的事呢……当然，在这里，我也还是有责任也有必要要提醒你：你可要千万千万注意，等到局里的职称考评组来听你的课时，你可无论如何都不可以再这样随心所欲地讲课了！

哦，这自然是汝同志所始料不及的，而且，老实说，汝同志对校长的观点又实在是不敢苟同的。因此，汝同志就只差一点要在校长的办公室里跟校长理论起来。不过，转念想到校长似乎也是出于好心，而且这毕竟关系着自己职称晋升这样的大事，而这种大事又……

于是，汝同志也就只能在自己这天的日记中写下了这样的一段话：看来"寒蝉"确实是有的，譬如今天的我，至少是不能不去做一只"寒蝉"……

烟　味

　　丈夫外出一周后回到家中，一进门便有一种屋里哪儿不大对头的感觉。只是，他一时又实在看不出来这种不大对头究竟是在哪儿。

　　咦，这到底是怎么回事呀？

　　也就在丈夫左思右想都不得其解的时候，忽然，他意外地发现了沙发边的茶几上的烟灰缸里的烟头。对啦，我那种家里哪儿不大对头的感觉，原来就源自这屋子里有烟味呢！于是，烟味，烟头……丈夫就不禁产生了一种发现"阶级斗争新动向"的感觉——家里唯一抽烟的他这几天一直不在家，所以，那烟味，这烟头，便至少能表明家里曾来过外人，而且来的还是个男人（只有男人才抽烟嘛）！

　　经如此一分析，一判断，丈夫就不由得有点不寒而栗了。那么，那给这屋子留下烟味的人（男人）会是谁呢？哼，妻子虽然平日里总对我的抽烟表现得深恶痛绝，还老说我在家里喷出来的烟味不把她和我们的宝贝女儿熏坏才怪，可她居然会容忍甚至还极有可能是容留别人（男人）在家里抽烟，并吞吐出连我这个抽烟的人都能明显地感觉到的浓重烟味！

　　因此，不一会儿妻子下班回来后，丈夫就只是冷冷地看了显得很有些高兴的妻子一眼，然后便有些阴阳怪气地问妻子道：这几天你过得很不错吧？

　　当然不错啦，我还嫌你出差的时间太短了呢！妻子回答。妻子这么回答的时候，还极为妩媚地抿嘴一笑。显然，她无疑正沉浸在进门时见到丈夫已回家来了后的那种兴奋与喜悦之中呢。

　　但此刻的丈夫却只差一点儿要喊出来"闭上你的臭嘴"之类的话，甚至还恨不得跳上前去狠狠地扇妻子几个耳光！哼，她竟然还说得出来希望我出差的时间再长些！她这几天没准是已经被那留下满屋子烟味的家伙给熏晕了，所以才会说出这种不打自招厚颜无耻的话来！

是的，丈夫差不多已肯定了那种"阶级斗争新动向"绝非仅为自己的感觉，而是一种事实，一种叫他已忍无可忍的事实。

于是，丈夫到底是火冒三丈地随手操起茶几上的那个烟灰缸，"啪"的一下在地上摔了个粉身碎骨，同时厉声责问妻子道：说！这是哪个王八蛋抽下的烟头？！

妻子这回终于是从自己的那种兴奋和喜悦中醒过了神来，并不禁一下子呆住了。

说呀！你不是常说我的烟味会把你熏坏么？那么，这用同样的烟味却能把你这几天熏得"相当不错"的人究竟是谁？！

丈夫还在吼着，甚至是吼得头发都快要竖起来了。而这时的妻子，则猛地双手掩面，然后一下冲进卧室，扑在床上"哇"的一声哭了起来……

在妻子那伤心欲绝的哭声里，他们那上小学的女儿放学回家来了。

爸爸，妈妈她为啥……

她这是叫满屋子的烟味给熏的呢！

哦，我都跟妈妈说过好多次了，叫她别再在屋里空点着香烟让它烧了，可她就是不听我的，还说你不在家，屋里没了烟味，她不习惯呢……

什么？！

这回，显然是该轮到丈夫要呆住了。

生活热线

　　萍萍越想越难受，越想越悲哀，泪水就阵雨般地再次涌出了她的眼眶……

　　萍萍是在吃晚饭时得知丈夫有外遇的事的。虽然这是丈夫主动坦白的，而且丈夫还再三强调自己已和那个女人断绝关系，他之所以把这件事说出来，完全是为了表明自己彻底悔改的决心，同时希望能以自己的诚实求得她的谅解和宽恕，但自那时起，萍萍的脑海里却一直只响着这样的一个问题：他为什么要背叛我？！

　　也就在这时，萍萍眼前的那部电话骤然叮铃铃响了起来。

　　萍萍于是就本能地伸过手去提起了电话听筒。

　　身为电台晚间九点档的"生活热线"节目主持人，在这个时候接电话并回答打来电话的人的各种各样的问题，是萍萍的职责。萍萍早熟悉了也习惯了这份工作。当然，这一回，在提起了那电话听筒后，萍萍又不禁有些后悔：我还能像以往那样地回答好别人的问题么？而在听到电话那头的妇人急不可待地提出"我丈夫有了外遇，我该怎么办"之后，萍萍便在不由自主地一怔又一愣的同时，更感到了一种诚惶诚恐：那人与自己原来同为"天涯沦落人"！我该如何回答她的提问是好呢？

　　萍萍便只差一点儿要把那电话给搁掉。

　　但或许依旧是职业本能在起作用吧，萍萍最终还是努力地平静了自己，然后回答对方道：您能先说说有关的具体情况么？

　　好吧……

　　对方就说了起来。令萍萍惊诧不已的，是对方的情况居然与自己的境遇一模一样——事情也是丈夫主动坦白出来的；她丈夫也再三强调自己已跟那个女人断绝关系；她丈夫主动坦白问题，也是为了表明自己那彻底悔改的决心，并希望能以自己的诚实求得妻子的谅解和宽恕……

　　那时候，萍萍简直要怀疑这打电话的人会不会是另一个自己了。

当然，萍萍并没有忘记自己此刻的角色是"生活热线"节目的主持人，而不是别的。所以，在更努力地使自己平静了下来之后，萍萍就以她先前常用的那种曾让很多很多的人听着觉得那样的知心又那样的真诚的语调和语句，告诉对方道：我想，您现在需要想清楚这样两个问题：一、您是不是相信自己的丈夫？二、您能不能谅解和宽恕自己的丈夫？如果您相信自己的丈夫，又能谅解和宽恕他，那您就该忘掉已过去的一切，一如既往地对待自己的丈夫；而要是您想谅解和宽恕自己的丈夫，又不怎么相信他真的会跟那个第三者女人断绝关系，您便可以多方面地去做些了解和调查，以便作出最后的决定；至于倘若您既不相信自己的丈夫又不想谅解和宽恕他，那么，您不妨果断地选择与他分手的办法，当然，应该是平心静气地分手……总之，您要做到冷静、理智，我也相信您是能冷静又理智地处理好自己所面临的问题的……

萍萍就越说越流利越说越角色化了。而在听了萍萍的这席话后，对方也似乎终于从一开始时的那种急切中沉静了下来，于是，向萍萍道了声"非常感谢您的指点"后，对方便将电话挂了。

只是，放下了电话听筒的萍萍，在为自己好不容易又完成了一份工作而忍不住深深地松了一口气之后，泪水却又阵雨般的一下涌出了她的眼眶。

萍萍又想到了自己。换句话说，她又从"生活热线"节目主持人的角色上，退回到了自己的生活现实之中。而且，这一回，那个"他为什么要背叛我"的问题，已不仅仅响在她的脑海里，还似乎在她所在的整个播音室中回荡着，而且是那样的强烈，那样的刺耳，叫她难受和悲哀得坐立不安……

终于，萍萍便双手掩面，一阵风似的冲出了自己的播音室……

接到萍萍从广电大厦跳楼身亡的消息时，萍萍的丈夫正以既羞愧又感动的心情在家里等待着萍萍的下班归来。此后，抱着萍萍那血肉模糊又余温尚存的尸体，丈夫在一叠声地哭叫"是我害死了你呀"的同时，还不住地喃喃着：你不是知道该冷静又理智地处理这件事的么？退一万步说，你就是不相信我，也不愿谅解和宽恕我，那你也该平心静气地跟我分手才是呀，为什么你会作出这种选择呢……

原来，萍萍先前所接到的那个电话，其实是她丈夫特意花钱请一个陌生的女人打的。因为他很想知道萍萍究竟会怎么处置"投案自首"的自己，而且，通过那个电话，他还以为经由那"生活热线"，已找到了至少不会像眼前的事实那样悲哀的问题的答案。

小镇传奇

我选上江泾镇作自己体验生活的"根据地",原因之一,是我认定这个位于江浙两省交界处的小镇,是肯定有着不少的传奇故事可供我发掘并写作的。

然而,一年时间下来,虽然我也接触或了解到了诸如毒头阿二、大头阿三、弯钻阿四、浪荡阿五、讨饭阿六、跷脚阿七、麻子阿八等等富有传奇色彩的人物和故事,但我又总认为那一切还都不是真正意义上的江泾镇传奇——也就是说,我觉得这小镇应该有更具传奇性质的传奇故事。

可为什么我就是看不到也听不到这种真正的传奇故事呢?

失望和无奈之余,我只有决定在离别这一"根据地"之际,调动起作为一名小说家的全部智慧,去编一篇叫作《小镇传奇》的东西,以满足一下自己的心愿了。

于是,这天晚上,在泡好了一杯咖啡又点着了一支香烟之后,我便很是正儿八经地在面前铺开了稿纸,并立刻写好了"小镇传奇"四字……

我刚写完标题,忽地听到一记很有些凄厉的锣声,紧接着是一声更为凄厉的叫喊:"鬼子进镇啦……"

我不禁一惊。

然后我又很快释然:大概是谁家的电视机里正在播放《地道战》或《地雷战》之类的老电影吧?

我甚至还暗自笑了起来。

可是,我还来不及弄明白自己为什么发笑,那凄厉的锣声和叫喊声,又在窗外的夜空里响了起来:"当!鬼子进镇啦……"

我怔住了——那决非电视机里的声音,而明明白白是有人在楼下边敲锣边叫喊呢。

那么，这人是谁呢？他又为什么要这样呢？

我扔了笔，出门来到楼下。我想见着那边敲锣边叫喊的人，并从他那儿得到我那"为什么"的答案。

楼下空空荡荡不见人影。找，也还是不见人影。

于是我只得嘀咕了一句"怪了"，又回到自己的屋子里。

可是，正当我重新握起笔，准备正式开始编我那传奇故事的时候，那锣声和叫喊竟又在楼下响了起来："当！鬼子进镇啦……"

我不由得又嘀咕了一句"怪了"。我甚至有些怀疑自己是不是被幻觉缠身——在九十年代的今天，是不可能响起属于三十到四十年代的声音的呀。

但那声音却再一次划破夜空："当！鬼子进镇啦……"

我实在是心烦意乱了。我真不明白：为什么会无缘无故地响起这种声音呢？

于是，我只好敲开隔壁人家的房门，问：你们是不是也听见外面的锣声和叫喊了？那是谁呀？

噢，那是五爷的声音，许是五爷的神经病又犯了呢。

五爷？

这时，我忽然记起了早在半年前就记上了我的素材本的那个叫五爷的人——五爷，鳏夫，1945 年春，日本侵略者进镇，奸其妻女而后杀之……

我心中的疑问终于有了答案。

但我同时又没了编那传奇故事的心思。我只是静静地坐在写字台前，一口连一口地喝着浓浓又苦苦的咖啡，一支接一支地抽着辛辛又辣辣的香烟……

直到快天亮时，我便有了种很累的感觉，就伏在写字台上沉沉地睡着了，以至于我没能按时去参加第二天在镇政府礼堂隆重举行的某日商来江泾镇投资办厂的签约仪式。

外星人 ABCD 的地球之行

眼看着自己驾驶的超光速飞碟就要到达地球了，ABCD 便很有种地球人常说的激动或兴奋的感觉。

ABCD 来自距地球 1234 光年的甲乙丙丁星球。此时此刻，已过中年的 ABCD，不由得遥想起了自己年轻时的第一次地球之行——

那是一次令 ABCD 深感遗憾的太空旅行。这倒并不是说 ABCD 一路上遇到了什么麻烦。不，ABCD 的那一路事实上是非常顺利的。然而，正当 ABCD 怀着那一路顺风的愉快心情，将自己的飞碟浮停于距地球十来公里远的空中，想为自己那历史性的着陆找寻一个理想的处所的时候，他却意外地发现那偌大的地球竟是光秃秃的——ABCD 几乎见不着地球上有一棵树！而有关的探测仪器，这时候也都在一再提醒和告诉 ABCD：地球上的空气中充满了二氧化碳，氧气则十分匮乏！

这让 ABCD 忍不住脱口骂了一句类似于地球人的"他妈的"。实际上，此刻的 ABCD 实在是不能不要骂娘了。因为，没有充足的氧气，甲乙丙丁星球的人是绝对无法生存的——也就是说，ABCD 已很清楚，经千辛万苦而来的自己，此番是根本不能按计划在这没有树去吸收二氧化碳并释放氧气的地球上登陆的了！

ABCD 不禁因此而泪如雨下。要知道，甲乙丙丁星球毕竟与地球相距着 1234 光年哪，虽说这一路过来总体上是十分顺利的，但这一趟到底又是来得很不容易的呵！

可 ABCD 对自己的此次地球之行只能无功而返又实在是无可奈何。

于是，泪眼朦胧地驾驶着自己的飞碟绕地球缓缓飞了几圈之后，AB-CD 便只得按照甲乙丙丁星球总部的指示，一边采用甲乙丙丁星球的高新技术快速培育了大量的树种撒往地球，一边不住声地慨叹着"地球呀地球"，然后怅然离去了……

没错，ABCD 现在是第二次来地球。

这回，在跟第一次一样将自己的飞碟在距地球十来公里远的空中浮停下来后，ABCD 所见着的地球，当然是与前一回大不同了：地球已不再是光秃秃的了，他当年撒下的树种已给地球染上了绿色——只是，为什么那绿色是东一块西一块、显得是那样的稀稀拉拉的呢？是我当年没将那些树种撒均匀么？还是我并没有撒下足够数量的树种？

也就在 ABCD 这般疑惑着、不解着的时候，通过自己手中的超高倍望远镜兼放大镜，ABCD 终于看清楚了地球上的人类的活动：到处都有人在砍树，而且都是砍得那样地争先恐后又那样地兴高采烈……哦，原来地球上的绿色之所以会是稀稀拉拉地东一块西一块的，并不是我当年没将那树种撒均匀，也不是我没有撒下足够数量的树种，而是那些地球人在将树木当仇敌似的乱砍滥伐！

面对此情此景，ABCD 忍不住要生气了。ABCD 又怎么能不生气呢——树可不仅仅是树呀，它们既可替你们吸收掉你们生活中的那些有害的二氧化碳，又能给你们释放出为你们的生命所必需的氧气，还会……

此刻，ABCD 简直是迫不及待地想要走出自己的飞碟去了。是的，他要去制止那些地球人，他要去告诉那些地球人……

然而，也就在这时，随着轰隆隆的一声震天动地的巨响，但见远处有白茫茫的一片正在铺天盖地而来——那就是应该为地球人差不多个个都知道，可又似乎谁也没有真正认识它（至少是没有真正认识到它跟树木有着什么样的联系）的洪水呵！你看，只不过是在顷刻之间，那无遮无拦的洪水便将满是树桩的地球淹成了一片汪洋……

于是，惊诧之余，ABCD 就只能又一次泪如雨下了——为自己所亲眼目睹到的地球人遭遇的这场浩劫，也为自己这好不容易的第二次地球之行，依旧是只能以自己根本没法在地球上登陆的结果而告收场。

关于克隆人的深度报告

W 教授悄然克隆出了另一个 W 教授。

那另一个 W 教授，是 W 教授的第 101 个克隆杰作。而 W 教授之所以要克隆到自己的头上，是因为他发现：自己先前那整整 100 次的克隆虽然都绝对是成功的，所克隆出来的各式各样的"人"也无一不跟其基因的提供者惟妙惟肖，但对于克隆人与本人究竟惟妙惟肖到什么样的程度——更具体点说，就是对于克隆人与本人除了外在形体的完全一致之外，是不是在思维、情感等内在的方面也全部相同之类的问题，他却还无法获得充分的证据来作出肯定或否定的结论。而这一类"充分的证据"，似乎也只有从自己和克隆的另一个身上去取得，也才可能是真正可靠的。因为，只有自己最清楚自己的思维、情感等等，也才可能全面彻底地、细致入微地去与克隆的另一个自己的思维、情感等等作出精密的比较。

作为一名真正意义上的科学家，W 教授有着极为严肃的工作态度和十分崇高的献身精神。又由于对自己的克隆是一次比克隆本身意义更加深远和重大的实验与探索，所以，W 教授是在完全保密的状态下具体进行这项工作的，甚至，就连在自己的夫人面前，他也从来不曾透露过有关此事的片言只语或者哪怕是一丁点一丁点的风声。而作为对 W 教授的这一可贵又可敬的实验与探索的回报，是自从那另一个 W 教授被克隆出来之后，经过了在实验室里的成千上万次的反复测试和验证，W 教授终于得到了他所需要的大量证据，并表明了克隆人与提供基因的本人不仅外在形体完全一致，而且其内在的思维、情感等等也是全部相同的——真的，有好多好多回，那另一个 W 教授都在被测试时准确无误地说出了W 教授自己所想要说的话，而且，连 W 教授的潜意识，那另一个 W 教授也全都能表述得没有半点差错！

W教授便因此已拟好了他的最新论文的标题：关于克隆人的深度报告。

　　不过，W教授又并没有急着去正式写他的这篇论文。我们已说过，W教授是位真正意义上的科学家，他对工作的态度是极为严肃的。是的，虽然到目前为止W教授已掌握了足够多的论文证据，但由于那些证据毕竟都只是从实验室里取得的，他便觉得还有在实际生活中进一步去考察、验证那另一个W教授的必要。

　　因此，这天，在接到联合国科研总部发来的要他去出席首届全球克隆学术研讨会并在会上作专题讲演的邀请函后，经过周密的考虑和准备，W教授便作出了一个十分大胆的决定：让那另一个W教授顶替自己去参加那个会议。同时，为了使这一偷梁换柱显得更加的天衣无缝，实际上也是为了使自己的这一实验与探索取得更为圆满的结果，W教授还特意安排自己那位漂亮绝伦又毫不知情的夫人，在她也真假莫辨的情况下，随那另一个W教授一起前往联合国科研总部……

　　此后，令W教授十分欣喜又十分激动的是，通过由卫星向全球直播的那次会议的实况，W教授看到自己的替身千真万确是里里外外都与自己绝无二致的：那另一个W教授在大会上所作的专题讲演，虽然事先根本没经过W教授授意什么的，但其中的每一句话，所用到的每一个数据，都完完全全是W教授所想要说和所想要用的；甚至，那家伙在讲演过程中的一些下意识的小动作——譬如上台前要捧着夫人的额头亲吻一下，再譬如当台下响起掌声时总要举起右手捋一捋自己的头发，又譬如每喝罢一口水后总要推一推自己的眼镜架……都不折不扣地是W教授所惯用的！

　　现在，W教授感到自己已完全可以正式动手去写那篇《关于克隆人的深度报告》了。于是，他便欣然又安然地打开了他的书写电脑……

　　然而，就在W教授已将他的那篇论文打印出来，正准备将它装订成册的时候，他的书房的门突然被"砰"的一下撞开了！

　　进门来的是那另一个W教授。只见这另一个W教授左手臂紧箍着W教授夫人的咽喉，右手则握着一支直对着W教授的激光手枪。

　　"你这是……"很是惊诧的W教授问另一个W教授。

　　"我这是要送你上西天去呢！"另一个W教授回答。

　　"为什么？"

"为什么？就为了要叫这漂亮绝伦的女人真正成为我的夫人，就为了要让在全球会议上作讲演这样的风光和荣誉只属于我，就为了……"

至此，我想读者朋友您一定在为 W 教授的安危捏一把冷汗了吧？可不是，真没想到那另一个 W 教授——也就是那克隆人——竟会有如此歹毒心肠！不过您放心，前面我们已经作过交代，为让那另一个 W 教授走出实验室，W 教授是做了周详的考虑和准备的，也就是说，W 教授是肯定有那种不怕一万只怕万一的安排的——这不，就在那另一个 W 教授想要扣动手枪扳机的一刹那，只见 W 教授不动声色地轻轻一按装在自己裤子口袋中的一个微型遥控器，那另一个 W 教授便顿时忽的一下变成了一缕烟，从这个世界上彻底地消失了……

只是，紧接着，W 教授让自己那沓厚厚的论文稿纸也同样在顷刻间化作了一缕烟，而且，他那克隆人的工作也就此宣告结束。

伤脑筋的问题

已经好多天了，小周时常听到老周在办公室里这般自言自语：唉，真是伤脑筋呀……

小周起初以为老周这是在为工作上的事操心，所以也并不怎么在意。但这天，见手头事务都已告一段落了的老周，依旧独自在叹"真是伤脑筋呀"，小周就不能不引起重视了。

小周于是便关切地问老周：什么事真伤脑筋呀，老周？

哦，没……没什么，没什么。

老周回答。老周回答得吞吞吐吐又躲躲闪闪。

这使小周很是纳闷。同时，联想到前些天单位里刚组织过的让老周这般的老同志去医院作体验，小周便不禁替老周担起了心来：老周他是不是体验出什么严重问题来了呢？

想到这里，小周就又真诚地安慰老周道：我说老周哇，天塌下来也有高个子先给顶着呢，所以，无论发生了什么，你都用不着这么憋在心里嘛。再说，虽然小周我并没什么能耐，但如果你把你那伤脑筋的事说出来，或许我还可替你排一点难解一点忧呢。

小周这么说，是据以自己一位朋友的朋友是市第一人民医院分管业务的副院长，他甚至因此已经有了这样的打算：倘老周他真是体验出了什么问题，那我无论如何都要动用一下那层朋友关系，叫医院尽最大的努力和可能，解决好老周那伤脑筋的问题！

这时候，大概是由于受了小周的关切和真诚的感动，老周便终于决定要把自己那伤脑筋的问题告诉小周了。

只是，这事跟体验毫无关系——

老周问小周：你知道我年初时在《X》杂志上发表的那篇论文吧？

当然知道哇。你后来不是还帮头儿修改了他的论文，然后也介绍到那儿去发表了么？

对。问题就出在那篇论文上。

这……这是怎么了呀？

我那篇论文被杂志社评上了奖。

哦？可是，这是件喜事，你应该高兴才对呀！

按理说我是该高兴的，但我实在高兴不起来。

这——这又是为什么呀？

你想想，我的论文获了奖，头儿的论文倒没有获奖，头儿对此会怎么想呢？

嗨，你当初帮头儿修改并发表了文章，头儿不是挺感激你的么？至于评奖，那是评委会的事，跟你并无关系嘛。所以我说呀，老周你肯定是想得太多了。

不，不是我想得太多了，而是你想得太少了，而且，问题的关键也就出在是我帮头儿修改并发表的文章——在当初看来，我确实是做了件能让头儿感激我的好事，可一旦杂志上公布了我的论文获奖、头儿的论文却名落孙山的消息后，头儿就很可能会想我当初的所作所为完全是个蓄意的阴谋，为的是要拿他做我的陪衬，以显示我的水平在他之上……

说到这儿，老周已是满脸的懊恼和痛苦神色。

接着，在狠劲地抽了一口烟后，老周又喃喃道：小周哇，实话告诉你吧，这几天左思右想下来，我是真的还拿不准到底是该去向杂志社要求取消给我的奖项好呢，还是干脆去要求杂志社把那奖项换给头儿好呢……

看着老周那满脸真的是十分"伤脑筋"的神色，此时的小周很想笑，却又怎么也笑不出来。

 # 漂亮女秘

春儿是杨经理的秘书。

杨经理是禾城一家大公司的老总。不过，这大名鼎鼎的杨经理不仅长得非常的矮小，还瘸着一条腿，而且一脸的麻子。而春儿，则是位能让几乎所有的男人都在大白天也要想入非非地做起梦来，又会令同龄的姑娘差不多个个要打心眼里抱怨老天爷太不公平的漂亮女孩。因此，常一前一后或一左一右在各种场合露面的春儿和杨经理，无疑就成了禾城的一道独特的风景。

俗话说，树大好招风。渐渐地，整个禾城上下便有了关于春儿和杨经理的传言。更具体又更形象的说法，是一朵鲜花之所以会插在一堆牛粪上，只是因为这堆牛粪有着极高的"含金量"！

也就是说，人们都认定秘书只是个幌子，春儿百分之一百是杨经理的"小蜜"。有不少同龄的女孩，还很是羡慕和嫉妒春儿这份能傍上财大气粗的杨经理的福气，并常在私下里感叹：唉，我就是能做上一天的春儿，也心满意足了呢！

春儿却感到十分的冤屈。虽然杨经理确确实实有着要春儿做他的"小蜜"的欲望，而且还作过许许多多的努力和尝试，但春儿却始终都是个不折不扣的秘书——当初，春儿是冲着杨经理那成功的事业，才应聘去做他的秘书的；如今，她也依然只为杨经理的事业尽着自己的职责。

当然，对于人们的说三道四，除了感到冤屈之外，春儿又并没有怎么当回事儿。舌头长在人家嘴里，谁也管不住飞短流长的呀。再说，所谓身正不怕影子歪，我白天不做亏心事，自然可以半夜敲门心不惊嘛。

春儿相信事实胜于雄辩。

春儿相信谣言都将不攻自破。

春儿更相信自己的清白和无辜至少阿涛不会怀疑。

阿涛是春儿青梅竹马两小无猜的男友。

只是，这一天，当春儿兴冲冲地赶到在异地工作的阿涛的住所，准备着要跟他具体商议一下两人的婚期时，没料想阿涛会不阴不阳地吐出这样的一句话来："结婚？是跟我结婚么？你为什么想到了要跟我结婚呢？"

"你……"因为始料不及，春儿便意外和惊诧得一时都说不出话来了。

这时，一旁的阿涛却继续不阴不阳地在说着："我可不想穿早被人穿破了的鞋子，更不想戴那顶用绿布做成的帽子呢！"

听了阿涛的这一番话，再联想起自己先前对人们的说三道四的不怎么当回事儿，春儿自然便有了一种悔恨的感觉。而对于眼前的阿涛，春儿则怎么也想不到和想不明白——别人不了解我，你也不了解么？别人不相信我，你也不相信么？

于是，春儿就眼里噙着那不由自主的泪水，去跟阿涛解释——解释自己完完全全只是那杨经理的秘书，解释那杨经理虽然确实对自己有非分之想，可自己一直不折不挠又不卑不亢地保护着自己的完整和清白……

可阿涛听后却只是哼的一声冷笑，并依旧不阴不阳地道："这么说来，我还该为你树个贞节牌坊呢！"

这回，春儿的眼眶到底怎么也蓄不住那汹涌的泪潮了。于是，泪流满面的春儿在留下一句"我会证明给你看的"之后，就离开了阿涛的住所……

当天傍晚时分，春儿又来到了阿涛的住所。在此之前，春儿愤然又坦然去了趟当地最大也最权威的妇科医院，请医生给自己作了全面彻底的检查……

然而，令春儿简直不敢相信的是，当她将那份绝对能证明自己清白的检查报告单递给阿涛时，他不仅连看都没看一眼，还竟冷笑着这样说道："只要肯花钱，还怕买不来这么一张纸么？我还怀疑这张纸是由别人早给你准备好了的呢！"

此时此刻，春儿终于什么也说不出来又什么都不用说和不想说了。不过，春儿这回倒是并没有再流泪。她只是哀哀又怨怨地盯了阿涛一阵，然后便转过身去，默默地走了……

此后，在禾城，那个不仅长得非常的矮小，还瘸着一条腿，而且一脸麻子的杨经理，便显得更加的春风得意了——因为，能让几乎所有的男人都在大白天也要想入非非地做起梦来，又会令同龄的姑娘差不多个个要打心眼里抱怨老天爷太不公平的漂亮的春儿，当真成了他的"小蜜"，而且是公开的"小蜜"。

时间约好六点半

　　当电话那头的张姐说到"时间是六点半"的时候，我那握听筒的手不禁下意识地一颤，接着我便不由自主地将那电话搁了。

　　六点半是张姐安排我与妍第一次见面的时间。但我对"六点半"已形成一种近乎本能的恐惧心理——因为，在张姐为我与妍牵线之前，我曾跟几位女孩有过接触，但结果都不言而喻，而除去我不中意的外，另外三位女孩跟我擦肩而过的原因，竟全与"六点半"有关！

　　这里，我不妨把自己那三次失败的恋爱经历，一一地给你如实招来——

　　一年前的一天的六点半，是我跟一位名叫娟的女孩约定的见面时间。当时，我怀着显然很是激动的心情，提前整整半小时便来到了约会地点。我想，这应该是显示我的诚意的最好办法了。但娟却不以为然。她因此给我下的评语是："傻乎乎的……"

　　有了这一次的教训，到半年前的那天去跟一位名叫嫣的女孩见面时（见面时间也定在六点半），我便在事先按中央电台的报时对准了手表的基础上，于标标准准的北京时间六点半出现在了约会地点。我自信自己这回已不再是"傻乎乎的"了。但谁知那嫣却鸡蛋里也能挑出骨头来——她用"死板"两字判了我的"死刑"……

　　这样，当另一位名叫娇的女孩，在三个月前的那天再度以六点半为时间，约定跟我见面时，我自然就只有以姗姗来迟的办法来对付了，而我那天在约会地点最终见到的，只是娇留在那儿的一棵大树上的一行"入木三分"的文字："我是决不会允许自己与一个毫无责任感和信誉感的人共度人生的……"

　　往事真有些不堪回首的滋味啊！而历史竟又是如此惊人地相似——张姐竟又将我与妍的见面时间安排在了六点半！

那么，这回我该何时去赴约才好呢？当然，已经"傻乎乎"过的我是决不能再"傻乎乎"的了，而"死板"也只能"死板"一次，至于那"毫无责任感和信誉感"的毛病，我无疑也不能重犯了，所以……

所以，思前想后的结果，是这天的六点半我就早早地钻进了被窝——我实在无法对这一次的约会抱乐观态度，因此，与其再一次被人"盖棺定论"，还不如自己"潇洒睡一回"呢！

咳，说来也真有点奇怪，那一觉我居然睡得史无前例的香甜，以至于到了第二天九点光景（第二天是星期天），我还在那梦乡乐而忘返呢。

但张姐却在这时既是敲门又是叫喊地硬将我从床上给拉起了身来，而在趿拉着拖鞋、惺忪着双眼打开门之后，我又一时尴尬得有些手足无措起来——原来，张姐身后竟还站着一位甚是好看的女孩！

这时候，张姐已迫不待地向我射来了唇枪舌剑：喂！你究竟是怎么回事呀——要不是妍一早就来找我，说你昨晚上并没去那咖啡室，还说担心你出了什么事，我还以为你俩没准到现在还在那儿喝着咖啡呢！

我……我可真不知道该如何回答是好了。

张姐却又紧逼了一句：你还支吾啥呀！你这么做，到底对得起谁呢？

这时，一旁的那个妍却反而劝起了张姐来，说：张姐，我想他昨晚没去那儿，肯定有什么临时的原因，所以你别生气了。

然后，妍又转过头来，羞羞又柔柔地问我道：你……你没事吧？

听了妍的话，我只觉得心头一热，便顾不得妍愿意不愿意，也顾不得旁边的张姐还紧绷着脸，一大步上去就紧紧拉住了妍的手……

没错，妍就是这样成为我的妻子的，或者换句话说，我就是这样成为妍的丈夫的。

我用自己的方式爱你

阿平与阿兰相识在异地。有就是说，阿平与阿兰本是同一座城市的人，而且，他俩的实际住处事实上还相距不足千米。但在当地，在以往的日子里，他俩却从来不曾见过面。

也许这就叫缘分吧。是的，从终于相识了的那一刻起，阿平和阿兰的心里，便不约而同又惊喜交加地都产生了一种类似于"众里寻她千百度，蓦然回首，那人却在灯火阑珊处"的感觉。

因此，一道在异地的那几天中，尽管阿平的任务是出差，阿兰的目的是旅游，但很快地，出差也便成了阿兰的任务，旅游亦就成了阿平的目的——他俩常常会双双去办事，成对去游玩，总是你陪着我、我伴着你形影不离，以至于他俩所住的那家旅店的服务员，在他俩准备结账离去时忍不住向他们提出了这样的疑问：看样子两位是来我们这儿度蜜月的吧？可是，你们为什么没开双人房而是开了两间单人房呢？

听了服务员的这番话，阿平与阿兰在深深地对视了一眼后不由得一齐笑了起来，笑得比那些真的是来这儿度蜜月的人还要甜。

然后，阿平与阿兰就回到了属于他们自己的那座城市。当然，回到当地后，他俩之间那原本就很近的距离便又大大地缩短了，并在没几天的时间里就短得都快如一张双人床上的两个枕头那样的亲近了……

不过，也就在他俩对外虽然还处于很严的保密状态、内部却是已经红火到了筹措着要去商场置买双人枕之类的共同生活用品的时候，阿平却忽然退缩了——那天见面后，阿平突然对阿兰道：不，我们不会有好结果的，所以，我们还是到此为止吧。

为什么？这是为什么？阿兰自然对阿平的退缩很是诧异。然后，阿兰又若有所悟地问阿平道：是不是因为你现在终于知道了我是市长的女儿，而你只是一家普通工厂的一个普通工人？

是的，我们必须正视这样的事实。阿平回答。这同时，从没见过阿平抽烟的阿兰，忽然发现阿平的口袋里这天竟装着香烟，而且他一口气竟能将一支香烟吸去小半支。

阿兰于是就一把夺下了阿平手中的烟，说：不错，包括我的父母在内的许多人，很有可能都会反对甚至是千方百计地会阻止我俩的结合，但你应该对我，特别是应该对我俩的爱情有信心呀——你知道我有多爱你，我也知道你有多爱我！

可是，爱又怎么样呢？爱情是一回事，现实又是一回事呀。阿平不顾阿兰的阻拦又点了一支烟，同时他接着道：像你我这样的情况，虽然在不少的电影和小说里都是以喜剧结尾的，但在实际生活中，更多更多的却是悲剧呀——我不希望自己亲身经历那种悲剧！

这样说完，在幽幽又悠悠地看了阿兰一眼，并同样幽幽又悠悠地留下了一句"我会用自己的方式继续爱你"之后，阿平竟头也不回地转身走了……

阿兰从此便再也没见到过阿平。阿兰自然为此哭了不知有多少回。而更让阿兰伤心不已的，是几个月之后，她竟从自己的朋友那里得到了这样一个十分确切的消息：阿平结婚了！

哦，难道这就是他当初所说的"我会用自己的方式继续爱你"？这回，阿兰便觉得自己已是欲哭无泪了，同时，在深深的失望和痛苦之余，阿兰似乎还忽然有了一种属解脱类的感觉……

于是，又过了大约半年的时间，阿兰便也结婚了，当然，她的丈夫是个人人都说与她门当户对、极为般配的男人。所以，婚后的阿兰生活得相当的满足和幸福。而大概正是由于婚后生活十分美满的缘故，阿兰也就从此忘记了阿平，更没注意到阿平在她结婚不久就悄然离了婚，而且至今仍独自一人生活……

不过，阿平还依然在默默地关注着阿兰的情况。

朋　友

　　都知道张三和李四是一对十分要好的朋友。

　　令人不解并纳闷的是，张三和李四既非同事——张三在一家企业工作，李四供职于某机关；又不是同好——张三平时最喜欢看足球比赛，李四则一见到电视里有足球的画面就会飞快地换掉那个频道；也跟邻居无缘——张三家住城东，李四家却居于城西……总之一句话，无论从哪个方面去分析研究，人们都很难找到他俩成朋友的充分理由。

　　但张三和李四十分要好，却是毋庸置疑的事实。

　　这不，那天吃罢晚饭，电视里没足球可看的张三，一下便想到了该去李四那儿坐坐，并一坐就坐到了快深夜一点钟的时候才回家；同样，这个礼拜天，无所事事的李四大清早就敲开了张三家的门，将张三从被窝里一把拖起来，然后两人就亲密无间地谈起了天、说起了地来……

　　应该说，尽管在职业上并无共同感受，在爱好上也缺乏共同目标，但作为朋友，张三和李四的共同语言还是不少的。譬如，每当张三提到企业中存在着严重的分配不公现象时，李四总会由衷地点头表示赞同；而只要李四一说起机关里任人唯亲的情况，张三就一定会旗帜鲜明立场坚定地给予声援；即使是谈及张三喜欢李四讨厌的足球问题时，两人也往往能很快地从不同角度形成统一的看法和观点……

　　为此，终于有人忍不住，便问张三和李四："喂，你们俩能成为这般同心同德的好朋友，究竟是什么原因呀？"

　　原因？老实说，张三和李四还从来不曾想过这个问题呢，所以，他们就都实事求是地摇了摇头，作无可奉告状。他们甚至还觉得这问题提得有些幼稚，有些无聊——要知道那原因干吗呢？

　　但这天，大概是同一问题在平时被问得太多了的缘故，也可能是跟两人的酒已喝得差不多了有关，正在一家小酒馆里一起喝着酒的张三和李四，就一边醉醺醺地招呼酒馆老板再给他们拿酒来，一边拉住了那老板的手，问："你倒说说看，我们俩到底是怎么成为好朋友的呀？"

对这样一个无头没脑的问题，那小酒馆的老板自然是不可能回答出个子丑寅卯来的。

可张三和李四却依旧拉着他的手不放，非要他给他们一个满意的答案不可。而且，他俩还你一言我一句，跟那酒馆老板说起了各自的情况和两人交往的情况来……

听着听着，那算得上见多识广的酒馆老板终于"哦"了一声，然后告诉张三和李四道："我明白了。那是因为你俩之间根本不存在任何的利害冲突。具体来说吧，你俩一位在企业工作，一位在机关做事，是决不会在分房子、长工资、评职称、做先进等方面成为对手的，所以，虽然你俩事实上不可能有真正的共同语言，却照样能成为现在这样一团和气的好朋友呢。"

那小酒馆老板接着叹了口气，感慨道："唉，现如今这年头，靠得越近的人，往往会离得越远；而离得越远的人，感觉中倒好像是越可靠也越可亲的呢！"

听了这番话，张三和李四不禁我呆呆地看了你一眼，你定定地望了我一阵，这同时，他俩的酒也一下子醒了大半。

绿 帽 子

在听到阿原说他要在这个冬天自制一顶绿帽子戴在头上的时候，我惊诧得只差一点儿要将眼珠子瞪出眼眶来：你这家伙到底是疯了还是吃错药了？你难道连家喻户晓的绿帽子代表着什么意思都不懂么？

我懂。我当然懂。我还知道你说的那个意思都已经意思几千年了呢！不过，没准那几千年在一夜之间就会去他妈的呢！再说，光棍一条的我，想做王八还没那个资格，所以我根本就没啥后顾之忧呢！

这便是阿原对我那份好心和担心的回答。这家伙总是这么大逆不道又我行我素的。

没办法，我也只有眼睁睁地去看阿原搬起石头砸自己的脚了——事实上，当阿原第一次戴着他那顶式样怪异、颜色刺眼的绿帽子在大街上招摇过市时，我们这个小城便为这道从未有过的"风景"轰动了起来——

"快来看哪，还真有人在戴绿帽子呢！"

"哦，这家伙一定是做王八做得神经错乱了呢！"

"可不是，这年头乌七八糟的事也实在是太多了，真叫作孽呀！"

"唉，好不幸好可怜的一个男人……"

听着人们如此这般的议论、感慨和叹息，作为阿原的一个要好朋友，我心里就像是爬满毛毛虫似的难受和不安。阿原呀阿原，你大概算得上是这个世界上最最笨的笨蛋、最最蠢的蠢货和最最傻的傻瓜了！没错，你现如今确实是光棍一条，所以是想"不幸"想"可怜"都不可能，可你也得为自己的今后想想呀——你都已经以"戴绿帽子的男人"出了名，从今往后，还会有哪个女人敢跟你比翼齐飞呀！

我便再次去找到阿原，力劝他赶快将那顶劳什子绿帽子给扔进垃圾桶里。所谓亡羊补牢未为晚，只要你立刻悬崖勒马，或许事情还不会落到不可收拾的地步呢。我说，我说得苦口婆心。

但阿原却再次将我的好心当成了驴肝肺，自以为是地回答我说：你为什么要一口咬定我这是在"亡羊"呢？你又凭什么断言我已上了"悬崖"呢？老实告诉你吧，我倒相信我这是在引导一场"革命"呢！而且我还相信，过不了多长时间，你老兄也会跟着我戴起这绿帽子来呢！

这么说着，阿原还随手摘下他头上的那顶绿帽子，想往我的头上套，气得我一巴掌将这劳什子打落在地，同时扔下一句"不可救药"，便忿忿然拂袖而去。

我甚至准备与阿原这家伙从此一刀两断算了。

然而，到了大街上，令我怎么也不会想到的，是真的已经有不少的男人头上，也都戴起了那种式样怪异、颜色刺眼的绿帽子，而且，那些昨天还在叹戴绿帽子的阿原"不幸"和"可怜"的人，这时候正在七嘴八舌地如此评说那绿帽子："哦，一个男人，头上戴那么顶款式别致、色彩鲜艳的绿帽子，看上去还真叫帅呆了和酷毙了呢……"

这以后的事情已经不用我多说了。总之是，头上戴顶绿帽子，现如今已成为我们这个小城里的男人的时尚了。而曾经是那么坚定又那么坚决地反对阿原戴绿帽子的我，也终因挡不住那"帅"和"酷"的诱惑，便也不顾三七二十一地成了绿帽子队伍中的一员。

是的，已经意思了几千年的绿帽子的意思，就这么轻而易举地不再那么意思了。

突然停电

我可以问心无愧地这样说：活了四十多岁，我还从来没有骂过一回人。

但这天晚上，我却坏了自己的"一世英名"，忍不住在心里骂了一句"他妈的"！

本来，这天晚上可算得上是我开店半年多来最高兴的一个晚上了——也不知道是什么原因，这天晚上来光顾我这大众皮鞋店的人特别多，这个在看儿童鞋，那个在看保暖鞋，还有人要看旅游鞋……忙得我是既眉开眼笑，又一个劲地在心里抱怨老婆早不去迟不去偏偏要选今天晚上去她娘家，从而在我最需要帮手的时候做了"逃兵"。

也就在我兴高采烈又手忙脚乱地给顾客拿着这样那样的鞋的时候，突然，店堂内外那明晃晃的电灯一下子全灭了，于是，夜的黑暗便在刹那间不仅笼罩了我的店堂，也笼罩了我的心房——对这突然停电，我一方面因毫无思想准备而很有一种措手不及的感觉，另一方面，我不由得本能地感到了恐慌和绝望：完了！我有好多双鞋拿在顾客手里，所谓浑水可以摸鱼，这时候谁来个脚底抹油……

我就是在这样的时候这样的情况下，忍不住在心里骂起那句"他妈的"来的。

我也相信自己这开天辟地的骂娘至少是情有可原的——我是在遭遇下岗的情况下才开起这皮鞋店来的。我做的是小本生意，而且这"小本"还是从亲戚朋友那儿借来的。所以，我实在是输不起（经不起有谁白拿白不拿）的呀！

说心里话，我当时是很想在黑暗中哀求一声"请各位不要走出店堂"的。只是转而一想，这哀求又会有什么用呢？要是哀求管用，世上也就不会发生强奸、抢劫、杀人等等叫人心惊肉跳的案件了呢！

所以，我最终也就只有默默地自认倒霉、晦气和"他妈的"了。我只是在暗暗地期盼着这"他妈的"电能早点来，以便我好早点收拾残局，早点弄清楚自己在这一回突如其来的停电中究竟流失了多少的血汗。

真的，我当时只是在黑暗中紧紧地捂着那个放钱的箱子，生怕有人会将我的身家性命也给一窝端了。而实际上，这一次的突然停电是"来也匆匆去也匆匆"的，也就是说，这电后来很快就来了，而且，在那重放的光明中，我粗粗一看，发现原先的那些人几乎都还在，那些拿出去的鞋也都还在他们的手里。

我不禁重重地松了一口气。然后，我就舒心又安心地一边和那些顾客谈论着有关停电的话题，一边给要继续看鞋的人拿鞋，或者是从已决定要买某一双鞋的人手里收取钱款……

然后便到了店门打烊的时间。拉上那卷帘门之后，一开始我还依旧显得兴冲冲的，因为光是那电来了后，我就卖掉了八双鞋，利润能有好几十块。可是，在我整理好当天的营业额再去整理那货架的时候，我却又不禁傻了眼：货架上那双唯一的价钱超过两百块的女式时装鞋不见了！与此同时，我突然想起来了——在停电前，那双鞋正由一个三十来岁的女人在看，这女人还边看边用怀疑的口气一个劲地问我：你这儿所有的鞋都是不超过一百五十块钱的，为什么这双要卖二百二十块呀？当时我就反复跟她作着实事求是的解释，她则仍旧有些不大相信，并希望我能答应这双鞋的卖价最多不超过一百六十块钱，而现在……

唉，早知道这双鞋会落个在黑暗里无影无踪的结局，我还不如爽爽快快就以一百六十块的蚀本价卖给她——这样，我就至少不会像现在这样连血本也给亏了呢！

可想而知，我此时此刻是差点儿又要骂"他妈的"了。

就在这时，响起了"砰砰砰"的敲门声。

打烊了，要买鞋明天再来！我毫无好声气地嘟嚷着。

不是，我是来付钱的。

门外是一个女人的声音。而当我狐狐疑疑地把门打开之后，见到门外站着的竟是那个三十来岁的女人！

不好意思，她说，刚才突然停电，我想到只有女儿一个人在家，就赶忙回家去了——本来，我是想跟你说一声我把那双鞋也带回去了的，但那时黑灯瞎火的，我怕会引起混乱，所以就……

接着她又告诉我：后来，我把那双鞋也给回家来了的我老公看了，他说这双鞋你这儿的卖价其实是挺便宜的，在大商场里，同样的这双鞋，人家要卖二百八十块呢，因此我已经把鞋穿在脚上了，现在来还你钱……

听了她的这一番话，我一时竟有些说不出话来——我真没想到那双鞋的最终结局会是这样的！

于是，也说不清是由于感动还是什么，我在收那个很漂亮的女人的鞋钱时，便坚持着只收她一百六十块的蚀本价。

真的，那个女人很漂亮，那个突然停电的夜晚很漂亮。

虎口脱险

在那中巴里屁颠屁颠了近两个钟头后，王老五终于来到了城里。只是，直起腰下得车来，头一回进城的王老五还来不及去感叹城市的花花绿绿，便猛然发觉小肚子那儿正胀得火烧火燎——他姥姥的，早上喝的那两大碗稀饭，这会儿已变成了肥料，在催我浇地哩！

这么暗自嘀咕着，王老五就按着乡下的习惯，来到车站出口不远处的一个较为僻静的墙角，然后便急急忙忙解起了裤带。

就在这时，王老五的身后冷不丁响起了一声沉沉的"不许动"，紧接着，一个手臂上套着红袖章、年纪跟王老五差不了多少的老头，已站到王老五的面前，这同时，一张小纸片也飘到了王老五的鼻子底下："喂，随地小便，罚款 10 元！"

"这……"一阵心惊肉跳的紧张之后，王老五便明白自己是遇上麻烦了。不过，见那红袖章毕竟是自己的同龄人，王老五又稍稍松了口气，然后他就定了定神，一边堆起笑脸，一边跟红袖章说起了好话："老哥你吓了我一跳呢。对啦，我可一点也不晓得这墙旮儿里是不许撒尿的，老哥你就饶了我这一回吧。"

"不行，随地小便要罚款是规定！"那红袖章却一点也没顾及同龄人的面子。

"可是……可是我还没撒出一滴尿来呀！"看到红袖章没商量的余地，王老五便只有据理力争了，同时悄悄地将那段本已撩在裤子外边的东西重新塞进了裤裆。

但那红袖章依旧是一副公事公办不依不饶的样子，说："没尿？没尿你将那东西撩出来做啥？你撩它出来，为的不就是要随地小便？随地小便，就得按规定罚款！"

这么说完，红袖章显得有些不耐烦地又冲王老五抖了抖手里的那张罚款单，道："快，掏钱吧，10块!"

此时此刻，王老五无疑已被逼进了死胡同。当然啦，说句老实话，要如今的王老五摸出10块钱来，倒并不是怎么肉痛的事情，但王老五横想竖想，都觉得没正式尿成也要罚款实在太冤——这不明摆着是在拿咱乡下人当软柿子捏嘛！是啊，这冤枉钱我宁愿去给叫花子，也不能掏给眼前这个蛮不讲理的老家伙！但话又要讲回来，我有啥好法子，能过得了这不讲道理的老家伙的关呢？

事实上，种了一辈子田地的王老五是知道自己并不会讲啥道理的，不过，在眼珠子骨碌碌一转之后，他到底还是想到了一条农民式的道理，于是他就似笑非笑地问那红袖章道："老哥你刚才讲到了规定是吧？没错，规定是应该照办的，只是我想问一下，是不是也有不许人看自己身上的东西的规定呀？"

"你这是什么意思？"红袖章有些莫名其妙。

王老五就说道："哦，我的意思是说，我先前在这儿把自己裤裆里的那东西撩出来，是因为我发现它呆在里边有些不安分，所以只是想瞧瞧它到底咋样了呢。"

"这……你……哈哈哈哈，你这老哥太有趣了，看来你还比我孙子一天晚上在电视里看的那个聪明的一休更要聪明呢！好啦，我服你了，你没事了，走吧。"

听了王老五的那番话，红袖章忍不住拍着王老五的肩膀笑弯了腰，那张罚款单，他自然也收了起来。这样，王老五终于从虎口脱险了。

别人的聪明

这几年，我凭着自己的聪明老智，在那险恶程度绝不会亚于战场的商场上纵横驰骋，获得了极为可喜的"战果"——关于这一点，相信您光从人们都叫我"小个子的大老板"上，便可清楚我丝毫也没有吹牛。

是的，尽管我的形象并不光辉，只是个身高1.60米、体重53公斤的小个子，但在禾城，如我这般已拥有上千万资产的老板，却实在是屈指可数的。我为自己是这样一个"小个子的大老板"而骄傲和自豪。

但我也有不如意。

那就是爱情。不过，我在爱情上的不如意与我那小个子的形象无关，也根本不是没有女人爱我。不，拿一句禾城人常用的话来说，爱我的女人不要太多喔——我这也决不是在吹牛。

真的，在我的周围，给我递情书、抛媚眼、送飞吻甚至是干干脆脆露肌肤的，简直难以计数，而且实在叫作美女如云，我若想结婚，那完完全全是一件简单得不能再简单了的事情呢。

于是，一个十分现实又十分严肃的问题，便摆在了我的面前：我怎样才能找准一个真正爱我，并值得我去全心全意地爱她的女人呢？

显然，我必须去沙里淘金。

别的不说，即使是我平时看上去感觉较好的阿梅、阿兰、阿竹、阿菊4人中，我便肯定有着"动机不纯"者——声称爱我，仅仅因为我是个"大老板"而已。只是，究竟谁是"沙"谁是"金"呢？老实说，尽管我是个在商场上有着足够的聪明才智的人，但我的这种聪明才智却在情场上显得那样的捉襟见肘。也就是说，分辨来分辨去，我还是没法分辨出阿梅、阿兰、阿竹、阿菊4人中，到底哪个是可以跟我白头偕老的。

我自然因此很是苦恼和不安。

不过，一个偶然的机会，一种属于别人的聪明，终于将我从那种苦恼和不安中解救了出来——

这天，我应约去S市谈判一笔买卖，在飞机上，由于见周围的旅客大都是成双成对亲亲昵昵的，我便忍不住边为自己那不如意的爱情暗自叹息着，边无聊地翻看那张由机上提供的晚报，而无意中从头读到了尾的一则小故事，不禁令我精神一振——那故事说的是一个从战场上回来的人，为了弄清楚究竟是自己的前妻好还是后妻好这个问题，便在回家前分别给前妻和后妻发了一份电报，谎称自己在战场上不幸失去了一条大腿，然后分别问前妻和后妻是不是欢迎他回到她的身边？结果，这个在战场上不仅毫发未损还立了多次军功的人，便终于回到了真正爱他的前妻的身边……

哦，这实在是个分出谁是"沙"谁是"金"来的绝妙办法呀！

于是，到了S市的第二天，我就如法炮制，分别给阿梅、阿兰、阿竹、阿菊4人打了电话，并用尽可能显得十分悲苦的声调，告诉她们我此次到S市是落进了一个凶残可怕的陷阱——不仅是我全部的资产已被诈骗一空，而且，我的脸还被那惨无人道的坏蛋划了两刀……

为此，阿梅在电话那头只说了一句"那你还打电话给我干嘛"，就嗒地一下搁了电话，仿佛早将她在我临上飞机时，要我到了S市后一定给她打个电话的千叮咛万嘱咐忘得一干二净；阿兰呢，也似乎只是听了个能使她如临其境的故事一般，只顾着在电话的那端一个劲地哭叫："噢，我怎么就没那个福分呀"；至于阿竹，则更是一副冷若冰霜的口气，她甚至还在电话那头这样冷笑了一句："哼，其实我早该想到你会有今天的"……唯有阿菊，听完我的诉说，在一阵显然是因惊诧而产生的短暂的沉默之后，说了一句令我当场泪珠哗哗直滚的话："那你快回来吧，我去机场接你！"

不用说，阿菊就这样圆了我的爱情梦。

只是，婚后不久，我便发现阿菊其实也只在爱"大老板"，而根本不是真心诚意在爱我……

这让我非常的羞恼又不解。

于是，在一次她非要我给她的银行户头上再增加10万元不可时，我终于发出了愤怒的吼声：你原来根本就没爱我！

爱你？爱你那三等残废的模样？

可你……可你当初经受住了我那爱情的考验的呀！

考验？你拉倒吧。你那点小聪明只能骗骗那些个傻瓜呢！老实告诉你吧，就在你打电话给我的前一天，我曾在晚报上看到过一个故事……

阿菊叉着腰，一边洋洋得意地说着，一边朝我冷笑，直笑得我浑身都在顷刻间起了鸡皮疙瘩，又笑得我直想开口骂写那个故事的家伙是在谋我的财害我的命……

情人节的礼物

情人节的礼物，当然该是那浓浓艳艳的红玫瑰了。

说心里话，在今年的情人节来临之际，我比以往任何时候都更殷切地在期盼着能收到一枝或一束甚至是一大捧浓浓艳艳的红玫瑰。因为，我和他刚吵了不大不小的一架，并由此使我们的爱情进入了"冷战状态"——在这样的非常时期，倘若他有心，倘若他能带着诚意送来一枝或一束甚至是一大捧浓浓艳艳的红玫瑰，我当然便可以顺水推舟地"大人不记小人过"，与他尽释前嫌、重归于好了。

然而，到了情人节这天，他虽是如我所愿地送来了礼物，可那礼物竟是——竟是一个仙人球！

那是一个浑身都长满了刺的仙人球，种在一只毫无情调可言的普通瓷盆里。这天，当我起床后打开门，在房门口一眼发现它，并很快就猜想出来这就是他给我的情人节礼物的时候，我真的是只差一点儿就要被这意外气晕——该死的，他大概还嫌先前伤得我不够厉害，所以才要用这满身是刺的劳什子来加倍地折磨我！

我相信，我当时内心深处的那种委屈和气恼，是谁都会产生又谁都能理解的。

我还相信，我不仅有充分的理由失望，而且也已经有了痛下从此与他一刀两断井水不犯河水的决心的充分理由。

然后，我便满含着委屈、气恼和失望的泪水，深怀着类似于黛玉葬花般的心境，准备叫眼前的那个劳什么子仙人球见鬼去吧！

也就在这时，在我恨恨又狠狠地一脚将那瓷盆踢了个底朝天之后，我看见了原本压在这瓷盆底下的一张纸条，于是，我便有意无意又自觉不自觉地捡起了它，接着我就读到了他留给我的这样一段文字——

也许你盼着的是一枝或一束甚至是一大捧浓浓艳艳的红玫瑰。事实上，我是想到了要在这么个日子里送你一枝或一束甚至是一大捧红玫瑰的，而且，我还已经从街头的一个小女孩那儿买好了一大捧浓浓艳艳的红玫瑰。但我最终还是把它扔了。因为，红玫瑰纵然浓浓艳艳，但它的浓艳却只能维持几天的时间，而这仙人球，虽然它似乎不能寄托情意，还带着刺，可它却无论春夏秋冬，不管风吹日晒，即使是长时间不给它浇水，它也照样能旺盛地生长！你说，究竟是一时的浓浓艳艳好，还是不屈不挠的旺盛好呢？至于这仙人球的刺，实际上是它那生机无限的生命活动力的一种存在和体现方式呢……

读到这里，也许是"心太软"了，我居然有了一种怦然心动的感觉，还居然鬼使神差地弯下腰去捧起了地上那盆原本是要叫它"永世不得翻身"的仙人球，然后，我又小心翼翼地端进卧室，将它堂堂正正地摆放到自己床前的窗台上。

而且，这天晚上，我还主动给他打了电话，约他六点半去那家"地久天长"咖啡屋坐坐——当然，在电话里，我用的可是凶巴巴的口气，道："你可听好了，一、本小姐已被你气得连走路都没力气了，所以你必须用你的自行车带我去那里；二、要是你敢迟到一分钟的时间，本小姐就会把那仙人球上的刺全部移植到你的脸上，叫你的脸也变成仙人球……"

 事与愿违

　　杨女士的最大愿望，是儿子张大学初中毕业后能考上重点高中——这样，儿子上大学就不会成什么问题，自己当年那个圆不了的大学梦，也就可以在儿子身上变为现实了。

　　杨女士今年正好40岁。像她这样年纪的人，虽然正处在所谓"正当年"的人生阶段，但经历又实在是太沧桑了：十七八岁时遇上的是上山下乡，只好丢下书本去跟贫下中农打成一片；二十七八岁好不容易回了城，找工作时却碰到了有文凭才能进好单位的问题；而到了三十七八岁，又赶上了到处都在风起云涌的下岗大潮——也正是因为有着这样的经历，杨女士便从一开始就把儿子的读书当成了自己的头等大事。想当初，杨女士不顾丈夫的反对，坚决要给儿子取上"大学"这个名字，其实也就是她的理想的一种寄托呵！

　　应该说，儿子张大学并没有辜负杨女士的期望：从上小学一年级开始，他的学习成绩都年年不仅在班级里，而且在年级里也是名列前茅的。对此，杨女士觉得很宽心又很自豪：我儿子真叫争气呢。

　　不过，近半年来，杨女士的心却又一直提在了嗓子眼上——这不仅是由于儿子张大学已到了最为关键的初三阶段，更因为现在的学校里都在搞什么"减负"！这不，儿子的回家作业是越来越少了，上学的时间也比老早推迟了许多，放学的时间又比原先提早了不少……照这样下去，儿子还能顺顺利利地考上重点高中么？

　　杨女士不能不担心和着急起来了。她甚至还去跟她儿子所在学校的校长提过意见，说："我儿子他们现在是初三，是关系着他们将来的前途和命运的生死存亡时刻，所以是不仅不能搞什么'减负'，还应该加班加点才对呢！"

　　但校长当然不会接受她的意见。校长说："'减负'可是中央的决定

呢，我就是头上长着十个脑袋，也决不敢顶风作案呵！再说，眼下反正是大家都在'减负'，所以你也用不着过分为自己的儿子担心嘛。"

从学校回家的路上，杨女士思前想后，都觉得至少是必须自己想办法把学校已经给儿子减去了的那些"负担"再加上去才好——虽说眼下确实是大家都在"减负"，但谁能保证别的家长不在给他们的孩子加班加点呢？要是人家都在暗地里使着劲，你不使劲不就明摆着要吃亏么？总之一句话，让儿子多学点，再多学点，总不会是件坏事！

于是，就从这天开始，杨女士便给她的儿子张大学天天晚上请了三个小时的"家教"，她还去新华书店买来了一大堆《中考指南》之类的书或练习册，规定儿子每天必须做多少多少页，甚至还规定儿子晚上不过十一点钟不能睡觉……

儿子自然要叫苦了，他甚至还向母亲抗议说："你违反了江总书记的指示！"

对此，杨女士声色俱厉地教育道："吃得苦中苦，方为人上人。你要是现在不苦一些，将来又怎么能够出人头地？"她还语重心长地对张大学说："我借了钱来给你请'家教'，给你买书，究竟是为什么？还不是为了你好？还不是为了你能……"

说到这里，杨女士不禁流出了眼泪来。这眼泪似乎也终于感动了她的儿子张大学，只见他到底是默默地又乖乖地重新回到自己的房间中去了……

但就在昨天，在离"中考"已经没多长时间了的时候，杨女士却突然发现儿子张大学不见了！而东寻西找的结果，是她只看到了儿子留在他的写字台上的一张纸条——张大学说他是怕再这样下去自己会发疯，或者至少是会变成一台读书机器，所以便决定了离家出走……

魔高一丈

这天是星期天，因为正在上幼儿园的女儿已经不知闹过多少回了，非要买一个像真人一样大、还会说话唱歌的布娃娃不可，王女士便带了女儿，来到了那卖洋娃娃的市场上。

市场上摆满了大大小小的摊点，摊点上满是各式各样的洋娃娃，真叫做琳琅满目，让人看得眼花缭乱。还是女儿眼尖，她很快便在一个高挂着"优惠大酬宾"招牌的摊点上，看上了一个样子很不错的洋娃娃，朝母亲道："妈妈妈妈，我就要这个，我的同学婷婷的洋娃娃就是这样的！"

既然是女儿看上了，再说，这洋娃娃看上去也确实不错，王女士便上去一边查看这洋娃娃的质量，一边向摊主问起价来："这洋娃娃卖多少钱？"

"二百二。"长着一对小眼睛、年纪约摸二十七八岁的摊主回答。

"要二百二？这么贵！"王女士显出不满的神色。

摊主则道："贵？我这儿的货是最便宜的呢——瞧，我这正在优惠大酬宾呢，这洋娃娃本来要买二百五十块呢！"

"才不会有人甘愿做二百五，来买你这么贵的东西呢。"王女士暗自嘀咕了这么一声后，拉起女儿的手，转身便走，急得她女儿差点儿哭出声来。

但王女士其实并不是真的要走。她这是在跟摊主斗智斗勇呢——按王女士以往买东西的经验，只要顾客装出要走的样子，那摊主便会来拉住你，这时候你再跟他讨价还价，主动权就在你这边了。真的，虽说是"道高一尺，魔高一丈"，但如今的消费者，差不多都掌握着这一对付漫天要价的黑心商人的诀窍呢。

不过，接着来拉王女士的，却并不是那个长着一对小眼睛、年纪约摸二十七八岁的摊主，而是旁边那个摊点上的一个年纪在二十岁上下的姑娘，只见这姑娘悄悄地扯了扯王女士的衣角，同时悄悄地对王女士道：

"大姐，那洋娃娃我这儿也有，一模一样的，我只卖二百块，是全市最低价呢！"这么说着，那姑娘还做了个叫王女士别管先前那个摊主，只顾放心来买她的东西的手势。

当然，王女士并没有马上相信那姑娘的话。这年头，甜言蜜语是太多太多了，王女士才不会轻易上当受骗呢。

也就在这时，先前那个摊主忽然冲了过来，铁板着脸，朝姑娘大声嚷嚷起来："有你这么做生意的么？明明白白地抢别人的生意，你还要不要脸？"说着，只见他一脸要豁出去了的样子，拉起王女士的衣袖，道："罢罢罢，树活一张皮，人活一口气，她今天要跟我抢顾客，我就是倾家荡产，也一定奉陪到底——来来来，她卖二百，我就拿跳楼价给你：一百八！"

这时候，那姑娘也虎起了脸想要说什么，一旁的王女士却一边不动声色地笑了笑，一边装出劝架的样子，对那姑娘说道："好了好了，姑娘，毕竟是我先在他那儿看的货，我还是买他的吧。"说完，王女士就利索地从口袋里掏出来一百八十块钱，交给先前那个摊主，同时让女儿抱住了那儿的一个洋娃娃，然后便不无欣喜地转身走了。

一路上，王女士不由得很有经验地引导女儿说："芳芳，你以后一个人上街买东西时，千万也要多长个心眼，多用点计策，不然就很容易上当受骗呢。"

这么说着，王女士母女俩已经来到市场的出口处。就在这时，给市场看门的老头上来问王女士道："这洋娃娃买来多少钱呀？"

"一百八，人家卖的是跳楼价呢。"王女士回答。

"你在哪个摊上买的？"老头又问。

"喏，就在靠左边这一排摊的最后第二个摊上。"

"是不是一个小伙子的摊？他的摊是不是紧挨着一个姑娘的摊？那小伙子是不是还和姑娘为了你这个顾客差点儿吵起来？"

"是的。"

"嗨，你上当了。他们这是兄妹俩呢，他们常用这种唱连挡戏的办法，引诱顾客花冤枉钱买他们的东西——你这个洋娃娃，别的摊上差不多都只卖一百二十块呢！"

"什么?!"听了老头的这一番话，王女士惊讶得差点儿要晕过去……唉，原来还是"魔高一丈"，自己已被人家宰得鲜血直流呢！

忍无可忍

这天晚上，时间已快十一点了，清风楼饭店3号包厢里那个早已经酒足饭饱的客人，却还一点也没有想走的意思。

"先生，您还需要什么吗？"饭店的服务员小姐便过去既和气又不无提醒味道地问那客人。

谁知道，听了这问话，那客人竟一边打着酒嗝，一边眯缝起一对小眼睛冲服务员小姐道："当……当然需要啦——我要……要你，要你陪……陪我好好玩玩！"

这么说着，那客人就动起了手来，想去抱服务员小姐，吓得这服务员小姐急忙逃到了饭店经理那儿。

于是，饭店经理就来向那客人解释，说："对不起，先生，我们清风楼没有您要的那种服务。"

"什么？你们没……没有那种服务？现在的饭……饭店里哪儿没……没有那种服务？你……你有没有搞……搞错呀！"那客人显得很是不解又很是不满，便又边打着酒嗝边这样说道。

经理就只好进一步解释："先生，您可能还不了解我们清风楼——我们清风楼的经营原则是文明服务。"

这时候，一旁那个刚受过惊吓的服务员小姐忍不住插了一句："先生，请您自重些，不然我们就要报警了！"

"报警？好……好哇，你们不妨……不妨把电话直……直接打给公安局的吴……吴局长吧——实话告……告诉你们，那吴……吴局长跟我可……可是兄弟呢！至……至于我，来，瞧瞧我……我的名片，咱们也认……认识一下吧！"

这样断断续续地说完，那客人就上上下下地掏起了口袋来，然后当真掏出来了自己的名片胡乱地发了起来，大家一看，嚯，这家伙原来是土管局的局长，姓胡。

当然，你就是天王老子，清风楼也是不能坏了自己那文明经营的名声的！这样想着，饭店经理就对那客人说道："哦，胡局长，您可能是醉了，还是让我叫辆车，送您回家去吧。"

"回……回家？叫我回去跟……跟那黄脸婆亲……亲热？没……门！今儿个晚……晚上，我非要跟……跟你这儿的小姐玩……玩个痛快……"

看来这姓胡的一方面是真的醉了，另一方面是已经色迷心窍了——究竟该怎么办是好呢？

思来想去，饭店经理最后便只好打了个电话。

大约是五分钟之后吧，清风楼饭店 3 号包厢的门口，便出现了一位亭亭玉立的女孩，而一见到这女孩，那姓胡的就不顾三七二十一地扑上去一把抱住了她，同时边说梦话般地叫着"宝……宝贝"，边当着众人的面就在这女孩的脸上乱"啃"起来，结果，只听得那姓胡的"哎呀"一声惨叫，接着便……

接着便是第二天了。在这天的当地报纸上，人们都看到了这样一则花边新闻：《色迷心窍，局长大人酒后执意要找小姐作陪；忍无可忍，亲生女儿愤然一口咬破父亲舌头》——原来，清风楼饭店经理的那个电话，是按那胡局长的名片上号码打的，经理本是想叫家里人来把那胡局长领回家里去的，但谁也想不到最终竟出现了可算得上是天下奇闻的那样一幕。

人咬狗

张文文是个青年工人，业余爱好新闻写作，常在工余时间和节假日，将自己平时看到或听到的一些事情写成"豆腐块"，向报社投稿。不过，尽管张文文写得相当勤奋，可他至今已寄出的几十篇稿子，却篇篇如泥牛入海，或者是像肉包子打狗——全都有去无回，连一个字也没有上过报纸。

对此，张文文当然是非常失望和伤心的。但他并没有因此灰心丧气，放弃自己的那种业余爱好。这不，就在昨天晚上，他又挑灯夜战，根据昨天傍晚发生在他住的那幢楼里的一件事情，写成了一篇题为《"宝贝"兽性大发咬伤邻居女孩》的社会新闻稿——写的是他住的那幢楼里的三楼住户家养的一只名叫"宝贝"的宠物狗，一口将刚放学回来的对门邻居家那个七岁小女孩的腿，给咬了一个洞的事情。

说心里话，张文文对自己的这篇东西，感觉是十分满意和自信的——它总该可以变成铅字了吧！因此，为了保证这篇稿子能发表，张文文还采用了跟以往不同的投稿方式——亲自将稿子给当地的晚报编辑部送去。

晚报新闻部的编辑对上门送稿的张文文很是热情，但在看过张文文递上的稿子后，这位眼镜片比玻璃瓶底还厚的编辑却摇了摇头，说："我们报纸上早登过这样的东西了，这类事情已经算不上新闻。"接着，这位编辑还义务给张文文上了一堂新闻写作辅导课，告诉张文文："什么叫新闻？你可能还不知道有这样一条著名的新闻理论——狗咬人不是新闻，人咬狗才是新闻。也就是说……"

回家的路上，由于自己这次又做了回无用功，张文文自然难免要唉声叹气，他甚至还气恼地边走边将那篇一直拿在手中的稿子撕了个稀巴烂，然后扔进了路边的垃圾桶里。不过，他同时又感到自己到底也不虚此行——听了那位好心的编辑老师的一番指点，还真的好像是胜读了十年书呢。嗯，看来要成功，我得去发现那些属"人咬狗"的真正的新闻才是！

大概是应了"有志者事竟成"这句名言吧，此后不久，张文文还当真发现并写出了一篇名副其实的"人咬狗"的新闻来——这篇新闻的题目就叫做《一家三口咬一条狗一条小狗剩一堆骨》，全文如下："居住在某市某新村三楼的李某，因对门邻居家养的一条宠物狗多次咬伤其七岁的女儿，那狗的主人不仅从来不肯负担治疗的费用，还始终声称狗咬人是人先惹了狗的缘故，便一直气愤难平，对那条狗是恨之入骨，最近的一天，李某终于寻得一个机会，将那条狗骗进自己家中，然后就关上房门，一家三口对那条狗同仇敌忾，先是你打我打他也打，接着又你咬我咬他也咬，最终便把那条宠物狗咬得只剩下了一堆骨头。"

当然，张文文的这篇新闻很快就在当地的晚报上发表了，而且，发表后还先后被十多家别的报纸作了转载。至于这则新闻的来源，相信大家已不难看出：它实际上便是张文文先前写的那篇《"宝贝"兽性大发咬伤邻居女孩》的后续故事。不错，它就发生在张文文所居住的那幢楼里——三楼的李某将对门邻居养的那条名叫"宝贝"的宠物狗骗进家后，马上一棍子打死了它，然后就剥了它的皮，烧熟后一家三口把它吃掉了。

策划大师

这年头的买卖真的是越来越难做了。这不，我开的那个服装厂，原本虽然说不上红红火火，但倒也一直是顺顺畅畅的，至少是还从来没有发生过产品大量积压的事情。可最近这段时间里，也不知是什么原因，那些服装却是求爷爷告奶奶也都没人来批发了！特别是那近两千件每件成本都要在两百块以上的皮甲克，整天都只能窝在仓库里"受冻挨饿"呢！

这自然要急煞我这个当"老板"的了——要知道，我充其量还只是个老要靠扳着指头过日子的"老板"，现如今收支严重失衡，整个家底都像最差劲的股票似的被套牢了，我还拿什么去让服装厂这部"机器"运转呀？

也就在我吃饭不香睡觉不稳，只差一点儿要去跳楼的时候，一位朋友提醒我说："你有没有去请樊大新给想想办法呀？"

"樊大新是谁？"我听后却是一头的雾水。

朋友于是便笑话我道："嗨，原来你是这样的信息闭塞，连樊大新都不知道，也怪不得你的服装会卖不出去呢——告诉你吧，人家樊大新可是大名鼎鼎的策划大师，经他出谋划策，本市有好几家濒临倒闭的企业已获得了新生呢！"

真有这样能"救死扶伤"的高人？在听罢朋友接着所作的有关介绍后，我不由得心动并心热了，然后我便按从朋友那儿打听来的地址，找上了门去。

樊大新——哦，不，应该是策划大师——那时候正在他那间并不宽敞但是装潢得极为考究的办公室里，背靠着那把真皮坐椅在打盹。见了我，他先是伸着懒腰打了个哈欠，然后朝我说道："你是来让我给策划什么的吧？不过我先得把丑话说在前头：我实行的是有偿服务，也就是说，你得花钱买我的点子。"

"那当然，那当然。"我忙不迭地点着头，一边还恭恭敬敬地给他递上一支"中华"。

这之后，策划大师樊大新就一边吞云吐雾地抽着我的"中华"，一边让我讲起自己的情况来，而不等我把全部情况都说完，他便将手中的烟头往烟灰缸里一拧，同时打断了我的话头，说："你不用再说下去了，我已经有了帮你解决问题的绝妙办法。"

接着他就拔出笔在一张纸上写了些什么，然后把那张纸交给我，说："这是我那个办法的收费价格，你要是同意，咱们就一手交钱一手交货吧！"

那张纸上写着"2888"这样一个数字。说句心里话，这一数字比我预想的要高出许多。

但我还是很爽快地"哗哗哗"点了二十九张"四老人头"，如数付给了策划大师——所谓舍不得孩子套不住狼，为了我那近百万价值的积压服装能死里逃生，我也不得不豁出去呀！

于是，策划大师就把他的那个绝妙办法给了我："你去找一个货主，什么也不要说就将那些皮甲克直接给他寄去——注意，你在包装时每包要装上一百五十件，但给他的发货单上写的却是每包一百件。"

"这样做，我不是把那五十件皮甲克白白地送给他了么？"我几乎是跳了起来。

"你急什么呀，我话还没说完呢。"策划大师接着说道，"我这办法的最妙处在于：你在告诉他每件皮甲克的单价时，实际上还是按一百五十件定的——比方说，你本来准备每件要卖二百五十块，现在就写作每件三百七十五块。对于这一定价，那货主虽然会觉得高了点，但想到每包中毕竟有五十件皮甲克是你稀里糊涂白送的，所以，他对这样一块'免费肥肉'，是绝对会紧紧地一口咬住不放的，如此，我保证不出十天时间，你就能得到你想要得到的消息……"

我是千恩万谢着离开策划大师的办公室的。我觉得叫他策划大师实在是名副其实的——他的那个办法，真的是个十分绝妙的办法呢！

然后，我就照着策划大师樊大新的这一办法，不仅把那些皮甲克全寄了出去，连那些衬衫啦短裤啦之类，也都一股脑儿地用同样的办法清了仓。

接着——接着我确实很快便得到了"消息"，只是，那是让我要忍不住要吐出血来，并忍不住要千遍万遍地怒骂"狗屁策划大师"的"消息"：我寄出去的货全被退了回来，而退回来的服装，每包又都由本来的一百五十件，变成了我那发货单上明明白白地写着的一百件……

娱　乐

都说新官上任三把火。但许清连接替在民主选举中名落孙山的原乡长胡飞伟出任田家乡乡长以来，时间已快过去近一个月了，人们却除了看到他天天要往下面的村里跑，同时下令辞退了乡政府边上那家"天天欢"娱乐城中的几个小姐之外，并不见他还有什么点"火"的举动。为此，便有人忍不住要在心里嘀咕起来：许清连这位刚从省农专毕业的新乡长，葫芦里到底卖的是啥药呀？

诸如此类的"嘀咕"，大概上面领导的心里也有——这不？这天上午，分管农业的张副县长，便采用突然袭击的方法，亲自来到田家乡，说是要检查工作。

许清连那时候正在一个村里了解农民负担过重的问题，是乡政府文书通过电话把他叫回乡里的。一开始，许清连心里还有点儿紧张，不知道那张副县长会怎么个检查工作法。待到了乡政府会议室，他才知道所谓的检查工作，只不过是一边抽烟喝茶吃水果，一边拉拉扯扯哼哼哈哈对对对好好好而已。而如此这般完后，便是吃饭了。

当然，饭得到"天天欢"去吃。当初，这家"天天欢"娱乐城，实际上还是乡政府出资建造起来的呢。直到现在，"天天欢"也还依然是乡政府接待来宾的唯一去处……

好啦，我们还是不要说吃饭的具体过程了吧。反正现在饭已吃完。那么，既然饭已吃完，接下去是不是该继续检查工作了呢？

且慢——这时候，张副县长一边踢着牙，一边发话了，说：小许呀，我对你们这家娱乐城的印象很不错呢，下午我们就一起在这儿娱乐娱乐吧！张副县长还说：据我所知，你们这家"天天欢"娱乐城的设施和服务质量，在我们全县都是数一数二的呢。

听了张副县长的这一席话，许清连的脸上似有一道什么神色闪了闪，接着当然便是恭敬不如从命了——他朝张副县长道：好哇，凡是"天天欢"有的项目，张副县长想娱乐什么，就娱乐什么吧！

许清连的话令张副县长和乡政府的文书都忍不住笑了起来，因为他居然将"娱乐"说成了"吴乐"。当然，这时候是谁也不会去讲究这样的细节的，所谓时间就是生命，大家伙还是抓紧时间去娱乐吧！

不过，在正式开始娱乐之后，原本显得兴高采烈的张副县长，却又很快便在脸上堆起了扫兴和不满的神色——先是只听见他一个劲地在问许清连：还有别的项目吧？还有别的项目吧？而当许清连最后回答说"没了，所有的娱乐项目就这些了"之后，张副县长终于只顾着在一旁闷声不响地抽起了烟来，然后从牙缝里挤出来一个"回"字，接着便带了来的时候的那班人马，回县政府去了……

这时候，乡政府的文书不由得对许清连说道：许乡长，看来张副县长不大高兴呢。

你知道他为什么不高兴么？许清连问。

恐怕……

恐怕什么？

恐怕是……是没小姐陪他玩吧。

我也是这么想的。不过，我其实在一开始就告诉过他现在已没有小姐陪玩了呢——我不是将"娱乐"说成了"吴乐"么？"吴"与"娱"，少的就是个"女"字嘛！

原来——原来你是故意将"娱乐"说成"吴乐"的呀。

文书很是意外，又不禁很是佩服许清连的机智和幽默。但他怎么也不会想到——当然，这又是许清连自己怎么也不会想到的：在第二天召开的县委县政府联席办公会议上，那张副县长极是严肃地对许清连能否胜任田家乡乡长一职提出了怀疑，他的理由是：我别的不说，就凭他把"娱乐"说成了"吴乐"，便可看出这样的大学生的水平是什么样的水平……

据说，张副县长还在那会议上提议：依我看，还是设法让那胡飞伟重新来做田家乡的乡长合适！

失 败

　　周围的人都认为李世青是我的情敌，我手下那几个弟兄还曾摩拳擦掌地问过我：怎么样，咱去给那小子点颜色瞧瞧吧，也好叫他识相点！

　　我却摆了摆手，若无其事地说：根本就没这个必要，他这明摆着是癞蛤蟆想吃天鹅肉嘛。

　　我这般不把李世青放在心上，自然是有充分理由的：虽然我很清楚李世青确实也在追阿敏，但他凭什么去摘阿敏这朵香飘十里的鲜花呀？事实上，李世青的底细是大家都一目了然的，以我的经济基础及家庭背景等等，他要跟我较量，那实在是一种鸡蛋与石头的对抗呢！

　　也就是说，阿敏这朵香飘十里的鲜花，无疑是非我莫属的！

　　当然，我最终得到阿敏的过程，也并非一帆风顺。就说那次看电影吧——那时候，有部被吹得盖了帽的美国大片在本市上映，我自然不会轻易放过这种能讨得最爱看电影的阿敏的欢心的机会，就搞好了票去约阿敏。可阿敏说她那晚上正好有事。而第二天一早，我手下的兄弟便来向我报告，说是昨晚上在电影院门口，他看见阿敏和李世青一起在那儿等退票呢。

　　这……嗨，我真有些不明白阿敏为什么会这样傻。这同时，老实说，我也隐隐地感觉到了李世青这只"鸡蛋"的硬度。但我还是再次断然否定了手下兄弟要去见义勇为的建议。我认为采取北约轰炸南斯拉夫那样的手段是不明智的。我自有比克林顿那帮人更高明也更有效的解决"科索沃危机"的办法。

　　具体说来，对于诸如此类的"科索沃危机"，我的处理办法，一方面是"按市场经济规律办事"——我有的是钱，我便用这能使鬼推磨的东西先后买通了阿敏那些小姐妹，让她们你说我说个个去阿敏面前说李世青的坏话（同时当然还会说我的好话）；另一方面，我又动用了属中国特色的"行政命令"——我的老爸既管着阿敏单位的头儿也管着李世青单位的头儿，于是我就让自己的老爸去给那两个头儿"上课"，再通过他们，分别去"教育"阿敏和李世青……

就这样，阿敏终于成了我婚礼上的新娘。

不用说，我那婚礼是操办得相当相当隆重的。那可不仅仅是一场婚礼，同时还是一场胜利的庆典啊！因此，在挽着貌若天仙的阿敏进入洞房的时候，我忍不住脱口自言自语了这么一句：哼，李世青这小子……

接着当然便是人们所谓一刻千金的洞房花烛夜了。

但我怎么也不会想到的是，就在这个晚上，躺在我臂弯里的阿敏，却在睡梦中一个劲地这么叫着：世青！世青世青……

顷刻间，我原本所有的那种胜利的喜悦便一下跑得无影无踪了。我也忽然懂得什么叫做失败了——原来，阿敏虽然成了我婚礼上的新娘，可我却不折不扣地是李世青的手下败将！

为此，我在第二天单独去见了李世青。我只问他这样一个问题：你究竟是凭了什么，才使得阿敏对你如此念念不忘的？

我只有真诚的感情——其实，钱也好，权也罢，常常是很难换取一个人的心的。

李世青如此回答我。他的这一回答，终于迫使我低下了一直自以为是高贵得不能再高贵了的头。

大树底下

很多年以来，张三一直要洋洋得意地想起并说起的一句话，是"大树底下好乘凉呐"！

这句话其实就是张三以往的人生经验的真实写照。

张三有一位官衔不小的舅舅。正因为头顶上方有着如此一棵"大树"，从中学时代起，张三便始终生活在舒舒服服的"荫凉"之中——

老实说，整个中学时代，张三的学习成绩虽与一塌糊涂尚有一定距离，但老是处于"第三世界"则是毫无疑问的，而他从初一到高三却年年班干部照当不误，甚至还做过好几回的"三好学生"。为什么？从老师到班主任到校长，大家都知道张三的舅舅是谁，所以就都不能不"不看僧面看佛面"呢。

此后，尽管是那刚恢复不久的高考制度实在是太严格了，所以张三想去大学"深造"的愿望便没能成为现实，但因为有着那样一个舅舅，找工作对张三来说又真的只是小菜一碟了——跨出中学校门没几天，张三便昂首挺胸进了一个直到现如今还依然是香气勃勃的单位，并且，由于舅舅的关系，单位领导给他安排的具体工作，便理所当然地是最轻松又最悠闲的，他甚至可以接连一个月不去上班也没事，反正是工资决不会少一分钱，奖金照样拿最高档次的……

然后，在舅舅这棵大树的"荫凉"里，张三又顺顺当当地找到了漂漂亮亮的老婆，自然而然地分到了宽宽敞敞的房子，还……

哦，"大树底下好乘凉"这句话，说得是多么的形象又多么的准确呵！别人就都忍不住要一声连一声地这样慨叹起来，张三则不由得一次又一次甜甜蜜蜜地笑了。

可惜张三没能笑到最后——就在一个月前，滚滚的机构改革大潮，竟无情地将张三也给冲进了下岗的队伍之中！

当然，张三对此一开始是很坦然又很不以为然的——我还用怕不能"再就业"？舅舅这棵大树毕竟还巍然屹立着呢！我没准可以因此换上一份更省力又更省心的工作呢！

　　但近一个月的时间下来，张三又不得不着起急来了——虽然手里有舅舅的条子，同时舅舅还会给方方面面的人打去电话，可不仅是自己看得上眼的部门根本就不欢迎他去"再就业"，就连那些实在是非常"他妈的"的地方，居然也这儿说他没文凭那儿嫌他无专长，而一律将他拒之门外！

　　这不，张三此刻刚从一家远在郊外的单位出来。本来，张三是带着一百个不愿意准备去那儿将就一下的，可谁知，在看了舅舅的条子及自己那份简历后，那儿的人竟以"我们这地方太小"为由，客客气气又干干脆脆地把他给送了出来！

　　现在，又热又累的张三算是懂得啥叫走投无路了。于是，他便只好走到那单位门口的一棵大树底下，准备休息一下再说。这同时，望着那棵大树，想想那些与自己一同下岗且毫无背景的人都几乎个个又"再就业"了，他不由得脱口自言自语起来：莫非这大树底下除了好乘凉还有着害处？

　　当然有哇，瞧，因为照不到阳光淋不着雨露，所以那儿的庄稼都长得蔫头蔫脑的，就连那些草也都瘦不啦叽的呢！

　　说这话的，是一个老农模样的人。听了这番话，张三不禁心头一震，然后就呆呆地站在那儿发起了愣来……

一只不会捉老鼠的猫

从出生到现在，它还不曾捉过一回老鼠。它是一只不会捉老鼠的猫。

不用说，在猫的世界里，这只不会捉老鼠的猫是很为它的同胞所不屑并不齿的——捉老鼠可是咱们猫类的立身之本，你连这种最通常最起码的本领都没有，你还有什么资格做猫呀？

所有的男猫女猫老猫少猫，还常忍不住要指着它那年轻而又看上去十分威武的背影这样叹息：可惜哇可惜，好端端的一个后生就这么已经完了！

然而，就是这样一只被大家一致认定"已经完了"的猫，最近却凭着——它究竟是凭着什么呢？也许是凭着它那属天生的三寸不烂之舌？也许是凭着一纸它在早些时候花钱买来的"捕鼠技术学院"的毕业文凭？也许是凭着……总之是，最近，它居然在将要正式成立的"猫王国捕鼠技术指导委员会"的全国招聘中脱颖而出，成了最终被录取的九只猫中的一员！

这不，此时此刻，猫王正手拿着那份录取名单及有关的档案材料，亲自在给包括它在内的九只猫安排具体的"技术指导"工作呢。

当然，猫王的安排进行得很是顺利。譬如一号录取者，有关材料表明一号是白天捕鼠的高手，那就让一号具体负责白天捕鼠的技术指导吧；再譬如，二号录取者有在野外捕鼠的特长，这样，野外捕鼠的技术指导职位，便无疑是非二号莫属了；又譬如，捉躲进洞里去了的老鼠是三号录取者的绝活，这三号自然也就是这方面最合适的技术指导了；还譬如……

现在轮到安排排名为八号的它了。

在将它的有关材料翻了又翻之后，猫王却不禁犯了难：怎么，它原来是一只不会捉老鼠的猫呀？那它……那它能在"猫王国捕鼠技术指导委员会"中做什么呢?

其实，在得知它被入选该委员会之后，许许多多的男猫女猫老猫少猫便曾议论过这一问题，不少喜欢赌博的猫，还为此打了这样那样的赌。

不过，所有参赌的猫没有一只成为赢家。因为，猫王左考虑右思量后，最终给它安排的具体工作，是做该委员会的主任!

它捉老鼠不会，做主任总行吧!

猫王在作出决定时如是说。

一只死不瞑目的猫

只要一见着阿呜的身影或者是一听到阿呜的叫声、嗅出阿呜的气味，老鼠们便都会不由自主地浑身发抖甚至就地晕倒……

阿呜是一只猫的名字。

这只名叫阿呜的猫，是猫王国里的捉鼠第一高手。它那奔跑之迅疾、动作之威猛及爪子之灵敏、牙齿之尖利，简直都只能用一个"神"字来形容和概括。真的，凡是遇上它的老鼠，就是有十条命也都难免一死，而要是将已经死于阿呜之口的老鼠的尸体都堆积起来，即使还成不了一座喜马拉雅山，也至少足以跟美国佬的那个什么"国会山"比大和比高呢！老鼠们便因此都在暗地里叫阿呜刽子手。阿呜的名字还常出现在老鼠们内部闹不团结时对对方的诅咒中："你这不要脸的，小心明天出门时碰到阿呜！"甚至，在教育那些不听话的子女时，老鼠们也都会搬出来阿呜作惊堂木，说："你敢再哭！你再哭阿呜就要来了……"

当然，对阿呜，老鼠们除了怕便是恨了。又因为恨，老鼠们就千方百计地想除掉阿呜这个丧门星。"干掉它干掉它干掉它！"老鼠们不知道已经发过多少次这样的誓了。

但硬干显然是行不通的。谁有这个能力和胆量去跟阿呜面对面决斗呀？实话实说吧，论本领，就是把全世界所有老鼠的能耐加在一起，也绝没有阿呜那么强大呢。"所以我们必须智取，必须想办法叫阿呜这个家伙自己丧失战斗力。"这是老鼠们在不知开了多少次的会、进行了多少次的讨论研究后形成的一个共识。在此基础上，老鼠们就"智取"了一回又一回——

先是贿赂。老鼠们也知道有一种炮弹叫"糖衣炮弹"。它们又知道猫最喜欢吃的东西其实是鱼。于是，它们便广泛发动群众，四处去打鱼、买鱼甚至是偷鱼、抢鱼，然后就派代表一箩筐一箩筐地把鱼给阿呜送去。

只要阿呜收下这些鱼，那么，老鼠的世界就可以从此太平啦。可惜阿呜根本没上这个钩。只见它朝着送鱼来的老鼠两眼一瞪，胡须一翘，然后冷笑道："想收买阿呜我？把你们这个美梦留到阎王爷那儿去做吧！"

一计不成又生一计。老鼠们接着用的是"美鼠计"。既然你阿呜不吃"糖弹"，那就请吃"肉弹"吧——人类有句名言叫英雄难过美人关，还有一句名言叫舍不得孩子就套不住狼，想你阿呜总该也有七情六欲，我们当然也就不惜牺牲上几只美鼠了！为此，老鼠的王国里先是轰轰烈烈地搞了一场选美大赛，然后就让选出来的三只绝世美鼠只穿着三点式去见阿呜。然而，老鼠此举却只印证了人类的另外一句名言："肉包子打狗——有去无回。"见了那三只妖里艳气、搔首弄姿的美鼠，阿呜先是被气得脸色铁青胡须乱颤，紧接着，随着它"喵——"的一声吼叫，两只美鼠已在瞬间被拍扁在它的爪下，而另外那一只，则早已一口叼进了它的嘴里……

也就是说，老鼠们那"智取"阿呜的企图，一方面是尝试了一回又一回，另一方面则是失败了一回又一回。用阿呜的话来说是："可恶、可悲又可怜的鼠辈，有什么诡计你们尽管使出来吧，阿呜我时刻准备着，也时刻清醒着，你们的阴谋是注定了永远都不会得逞的！"

不过，老鼠们的阴谋最终还是得逞了，因为，时刻准备着又时刻清醒着的阿呜，后来还是死了。

当然，阿呜是不可能被老鼠直接咬死或杀死的。不，老鼠就是老鼠，它们是永远也不可能战胜猫，特别是不可能战胜像阿呜这样堪称伟大的猫的。

但阿呜真的是死了。而且，阿呜事实上还是死于老鼠之手，或者说得更确切点，是老鼠们一手策划了阿呜的死——

直接将阿呜害死的，是阿呜的一个同类。阿呜的这个同类名叫阿咪。阿咪原本还是阿呜的好朋友。可是，由于阿呜的出类拔萃，阿咪便渐渐地恨上了自己的这个朋友，并且是恨得刻骨铭心，恨得彻头彻尾，恨得寝食难安。于是，老鼠们在好不容易得知这一情报后，便先是欢天喜地地秘密举行了三天三夜的盛大欢庆舞会，然后便将想除掉阿呜的工夫都转到了阿咪的身上——它们在阿咪面前不停地说阿咪的好话说阿呜的坏话，它们不停地给阿咪送鱼送美鼠，他们不停地……结果，阿咪就在一个伸手不见五指的晚上，很果断又很自然地往阿呜第二天要吃的食物中，投下了由老鼠提供的、据说是从臭名昭著的恐怖分子本·拉丹那儿弄来的含有大量致命的炭疽疱子的白色粉末……

是的，阿鸣就这样死了。

阿鸣死得很痛苦，非常非常的痛苦——这有它临死时那副死不瞑目（阿鸣死后，它那对铜铃似的眼睛始终圆圆地睁着，无论谁，无论用什么办法，都根本不能让它们合上）的样子为证。

小偷与警察

张风和李锋是高中时的同桌，当然也是一对好朋友。不过，高中毕业后，他俩走的却是完全不同的两条道路——李锋以优异的成绩考上了省警校，成了一名人民警察；张风则因成绩实在太差，不仅根本无法升学，找工作也难上加难，结果，在社会上浪荡了一段时间后，他最终便成了一个靠摸别人钱包过日子的小偷……

李锋知道张风现在所做的勾当，是在他从警校毕业后被分配到当地派出所的当天晚上。是张风主动找上门来告诉李锋的。张风还这样对李锋说道：咳，看来日后咱们要从朋友变成敌人了呢！

实际上，张风这样"自投罗网"的目的，是想要李锋日后能看在老同学和好朋友的面上，对他手下留情点。

但李锋却劝张风早点改邪归正，说：我当然不想咱们从朋友变成敌人，可你要知道，我现在的身份是人民警察呢。

当然，张风没听从李锋的劝。张风说：但你也要知道我总得生活下去呀——要是我金盆洗手了，我靠什么去过日子呢？

张风接着又跟李锋强调说：不过，有一点你可以放心，我决不是那种毫无人性和良心的小偷。那些进城来卖菜的农民的钱包，那些上医院去看病的人的钱包，我是绝对不会去摸的。我摸的，都是那些挺胸凸肚、油头粉面的人的钱包，反正这些人的钱包里的钱，有不少并不是他们自己的！

可是，无论怎么说，做小偷都是犯法的呀。李锋也跟张风强调说。

……就这样，李锋和张风谁也没法说服对方。

为此，李锋便只好在张风临走时，又仁至义尽地跟他提了这样的一个条件：这样吧，今后，要是你哪一天在行窃时被我亲手抓住，你就从此放弃现在的这种生活，好吗？

李锋是想凭自己在警校学到的那身过硬的本领，去最终挽救眼前的这个多年的朋友。而张风呢，由于觉得自己的"技术"也已经到了炉火纯青的地步，所以他就点头答应了。

于是，李锋和张风便为达到各自的目标而努力着。

但非常不幸的是，李锋的愿望并没有成为现实——就在不久前的一天，为抓一个在商场里行窃的小偷，李锋被混在人群中的那小偷的同伙从背后一连刺了六刀……

李锋牺牲了。

也在李锋牺牲后的第三天，李锋生前所在派出所的警察意外地收到了一封匿名信——在这封信中，写信人详详细细地列出了小偷行窃所惯用的手段、掩盖的方法、团伙的特征……等等等等，总之是，如果心存不良的人看了此信，就完全可以把它当作行之有效的学习做小偷的教科书，而警察看后，则无疑将有益于他们顺利地抓获小偷……

同时，就在这天，在李锋牺牲的那家商场门口的台阶上，人们都看到：有一个人，从早晨到夜晚一直低着头默默地坐在那儿，犹如一尊雕像。

没错，这个人是张风。

 评 议

厂长的任期到年终结束。换届的前夕，为了客观地评价现任厂长的工作，也为了给新厂长人选的考虑提供群众基础，局里派来了工作组，全面倾听职工的意见。

工作组的工作做得是非常到家的——为了消除职工讲真话的顾虑，他们既不采用大会评议的方法，也不采用分组讨论的方法，甚至也没有采用书面问卷的方法，而是把职工一个个地单独召来，让他们各抒己见、各倾心声。

这项相当费时的工作持续了整整一个星期之久。

在收集了大量的群众意见以后，工作组人员便带着记得密密麻麻的笔记本，回局里汇报去了。

这同时，职工们有事没事碰在一起的时候，话题便自然而然地要扯到这次对厂长的评议上去。听——

老王说："我看厂长八成是要下台了，光我提的意见就很够份量呢！"

老李说："谁没有意见呀？没准我提的那几条比你的还要尖锐、还要深刻呢！"

老张说："虽然我知道现在的世道是官官相护的，可我不怕，我一共提了一二三四五六……共七条意见呢！"

老杨说："你们知道吗，工作组问我对厂长是怎么看的，我别的没说，只说了这么一句：我希望明年咱厂的厂长不再是他！"

老马说："哦，你们知道我是怎么说的么？我说：他做厂长还不如我做厂长呢！"

老周说："我是这样问工作组的：局里到底想不想把我们厂搞好？如果想，那就千万不能让不三不四的人当厂长了！"

老沈说……

老徐说……

老吴说……

哦，人们对现任厂长简直是同仇敌忾呢。

人们当然也都在拭目以待。

终于有一天，当初的工作组人员又一齐来到了厂里。

这回，工作组马上便组织召开了全厂职工大会，会上，工作组组长宣布了群众评议的结果和局里已定下了的新厂长人选——组长说："经过广泛地、细致地听取大家的意见，鉴于广大职工群众对原厂长的充分好评和热烈拥戴，局里决定：由原厂长连任你们厂的厂长！"

这一决定宣布以后，会场上一时鸦雀无声。

不过，当初振振有词的老王、老李、老张、老杨、老马、老周、老沈、老徐、老吴们的脸上，倒一点也看不出有什么惊讶来，能看得出来的，只是这样的一句心里话："哦，我知道他会连任下去的呢，也多亏了我当初没有真的提什么意见呢！"

这同时，那些脸似乎又都在提着同样的一个问题："不知道工作组的这些人有没有将我那天说的那些好话转告给厂长听？"

阳　谋

　　这阵子，检察长老王常有种吃饭不甜、睡觉不香的感觉。

　　老王吃饭不甜、睡觉不香的原因，是有关城建局局长钱大有索贿受贿的那个案子，检察院虽然已经查了近一个月的时间了，可案情却毫无进展——不仅是钱大有对所有的指控都矢口否认，那几个被钱大有索贿或者是向钱大有行贿嫌疑的建筑承包商，也个个都在被检察院找来谈话时，指天画地地声称钱大有是清白的。这同时，那个先前写来匿名举报信提供线索的人，态度也突然来了个一百八十度的大转弯，就在前天，他再次给检察院写来一封信，说是自己先前对钱大有的举报，完全是出于一种个人恩怨而做下的一桩蠢事。而且，这天下班前，市里有位领导还打来电话跟老王打招呼，说是钱大有的事情显然是无中生有的，就到此为止吧……

　　那么，钱大有真是无辜的么？老王自然不会相信。实际上，早在收到那封举报信之前，老王就已经注意上了那个家里装潢得像皇宫，身上则一天换一套名牌服装的钱大有了。再者，举报人的翻供和市里领导的招呼，实际上是反过来更让老王隐约感到了那钱大有身上不仅有问题，而且问题还可能相当的严重！当然，老王又很清楚办案最重要的是要有证据。老王这阵子吃饭不甜、睡觉不香，为的就是一时还无法拿到有关钱大有索贿受贿的证据。唉……

　　老王心里可真叫是又闷又急呀。这不，这天晚上吃过了晚饭，老王又顾不得妻子儿子的强烈抗议，坐在家里客厅的沙发上闷闷地抽起了烟来，一边还忍不住在这样自言自语："钱大有，钱大有……"

　　就在这时，老王家的门铃响了，待儿子去打开门后，老王和他的家人都不由得一怔——所谓说曹操曹操就到，来人原来竟是钱大有！

　　说句心里话，此时此刻，老王是很想立刻把钱大有赶出家门去的——这家伙上门，还不是黄鼠狼给鸡拜年，没安好心！但连钱大有都觉得有些意外的，是老王最终不仅没赶他走，还让儿子给他泡了茶，同时笑着接过了他递过去的香烟；而当他告诉老王说自己这是刚从李副市长（就是给老王打来电话的那位市领导）那儿出来，顺便想到了来他家转转的时候，老王还很是心领神会地跟他说道："可不是，为你的事，我今天下班前还同李副市长通了电话呢，当然，你有事没事我已心中有数，所以你只管放下思想负担，照常工作就是了……"

听了老王的这一番话，钱大有就好像是吃了颗定心丸，脸上虽然没露出什么明显的声色，心里却在一个劲地这样说着："嗨，这一难，看来我钱大有是总算躲过去了呢！"

这之后，钱大有便得意洋洋又千恩万谢着离开了老王家。

"爸爸，你不正在查这个钱大有的问题么？你怎么跟他……"钱大有走后，老王那已是中学生了的儿子忍不住这样问老王道。儿子真有些不明白：一直是爱憎分明的父亲，为什么会对钱大有有这样好的态度呢？

老王却并不想给儿子作什么解释，他只是对儿子说道："你一个小孩子懂什么事！你只管好好地看自己的书、做自己的作业就是了！"

这样说完，老王便一边大口大口地抽着烟，一边若有所思地独自进了书房……

两天后，老王就在检察院召开的工作会议上，宣布了一个令他的同事们十分意外的决定：解散有关钱大有问题的专案组，停止对钱大有问题的调查！不过，这实际上还不是最让老王的同事们吃惊的事情，更叫大家觉得难以想象甚至是义愤填膺的，是从此以后，老王竟在暗地里跟那钱大有成了常常你来我往的朋友——有人曾多次发现老王和钱大有在一起吃饭；甚至还有人了解到，老王曾跟钱大有一道出入过歌厅……

老王啊老王，你的党性原则哪儿去了？你还记着自己头上戴的那顶大盖帽上那枚国徽的庄严又神圣的含义么？你难道忘记了自己那检察官的光荣身份和责任了么？同事中自然便有人要为老王难过起来。同时，终于有同事对老王的所作所为觉得忍无可忍了，于是就毫不留情地给市纪检委写了举报信，反映原本一身正气的老王现在已经彻底堕落了，并要求纪检委彻底清查老王身上所可能存在着的严重问题！

不用说，市纪检委对此当然高度重视。不过，也就在市纪检委领导准备着要找老王好好地谈一次话，同时着手建立一个针对老王的专门调查组的时候，这天一上班，老王却在检察院突然签发了对钱大有的逮捕令和对钱大有家的搜查令！

"你们——你们凭什么抓我?！凭什么……"面对着检察官，钱大有有恃无恐地大声嚷嚷着。

这时候，老王不紧不慢地来到了钱大有的面前，同时，只见他一边冷冷地笑着，一边扬了扬手中拿着的一架微型录音机，告诉钱大有说："喏，我们就凭它——它上面的每一句话，涉及到的每一件事和每一个人，可都是你亲口说的！"

"你——原来你这些天跟我要好，都是在——在搞阴谋……"在老王面前，听着从老王手中那架微型录音机里传出来的自己的声音，钱大有显得又气又恨，但他又终于成了一只瘪了气的皮球，低下头软软地瘫在了地上……

这时候，一旁的老王却一边很是舒畅地抽着烟，一边哈哈哈哈笑着对钱大有说道："阴谋? 阴谋是你们这些人的专利，我搞的可是阳谋呢！"

至此，大家自然也就弄明白老王在前一段时间里"堕落"的原委了——他用他的"阳谋"，终于获取了钱大有犯罪的证据，从而使原本山重水复的案子有了柳暗花明的结局！

是的，这就是关于检察长老王的"阳谋"的故事。这里，有必要最后一提的是，"钱大有案"后来还成了当地有史以来的第一要案，引起了巨大的轰动——因为，经顺藤摸瓜，那个姓李的副市长原来也是案中人……

宠物凶猛

"哇，你好可爱好可爱哟！"

我做梦也不会想到老婆她老人家见了我后会这样叫起来，我更想不到她还边叫边扑上来一把紧紧地把我抱在了她的怀中。

这可是从未有过的事情，至少是最近这几年来我还不曾有过如此的荣幸——真的，最近这几年中，老婆她老人家的怀抱可只有那只该死的波斯猫才能进入呢。

不用说，我自然是有些受宠若惊了。这同时，我还很有些弄不明白老婆她老人家对我的态度一下子来了个三百六十度大转弯的原因之所在——这究竟是她一时间心血来潮之故，还是她已"放下屠刀，立地成佛"了呢？或者是我今天的样子确实有点"好可爱好可爱"？

我便忍不住从老婆她老人家的怀中昂起了头，于是疑疑惑惑又小心翼翼地问她道："你……"

"对啦，小乖乖，告诉我你叫什么名字呀？"这时候，老婆她老人家却只顾一边用她那指甲盖染得血红的手指头勾着我的鼻梁，一边娇滴滴地问了我这么一个问题。

于是，深受感染和感动的我就学着老婆她老人家的口气，也娇滴滴地回答说："我叫戚布礼呀。"

这么说着，我还不由自主地在老婆她老人家的怀中做了一个小动作：伸出手去轻轻地捏了她那高耸的奶子一把——哦，这是种多么美妙的感觉呵！这种久违了的美妙感觉，不禁使我的眼前在刹那间十分清晰地浮现出了我和老婆她老人家初恋时的情景来……

但我的这种美妙的感觉马上便遭受到了沉重的打击——我只听见老婆她老人家这样说道："什么？你也叫戚布礼？你怎么会也叫这样一个叫人恶心的名字呢？"

说着，老婆她老人家甚至有点想把我从她的怀中推出去了。不过还好，她接着又紧紧地抱住了我，说："算了算了，你到底不是他，你看上去真的是好可爱好可爱呢。"

　　这时候的我，却是更加的弄不明白了：什么叫做"你也叫戚布礼"？除了我之外怎么会还有一个叫戚布礼的呢？这个跟我同名同姓的家伙究竟是谁？再说，既然老人家你觉得那家伙"叫人恶心"，又为什么要一直来对"好可爱好可爱"的我那么冷淡呢？

　　我便很想很想把这一连串的问题问出口来。可老婆她老人家这时候已经抱着我进了卫生间，同时边摩挲着我的头发边对我说道："哦，小乖乖，你怎么这样脏呀？来，我给你洗个澡吧！"

　　听了老婆她老人家的这番话，我不由得下意识地对着卫生间的镜子看了自己一眼，结果则令我目瞪口呆——镜子里的我，竟是一条卷毛小狗！

　　现在，我当然是终于弄明白老婆她老人家说我"好可爱好可爱"等等的原因了。只有那些宠物，才会在她眼里变得"好可爱好可爱"呢。只是，我又是怎么变作一条卷毛小狗的呢？！我可记得很清楚很清楚，自己回家时，一路上还骑的是自行车，而且还差点儿跟一辆汽车撞上呢——一条卷毛小狗是绝对骑不了自行车的呀！

　　我真的是百思不得其解了。不过，接着我又断然决定不再去想自己是怎么变成一条卷毛小狗的事了，因为，我发现自己变作一条卷毛小狗其实是一件天大的好事——我能因此重新得到老婆她老人家的"宠幸"了呢！所以，我就尽可能不露声色地在浴缸里任由老婆她老人家给我洗着澡，同时极为舒服地消受着老婆她老人家那对我从头到脚的亲切抚摩……这期间，我还云里雾里地做了一个十分美妙的梦——我梦见老婆她老人家在这天晚上早早地便抱着我一同钻进了被窝……

　　然后，老婆她老人家就将洗了澡并喷了香水的我重新抱到了客厅里，接着她又从冰箱里拿出来香肠啦、肉松啦等等的好东西让我吃。不过，正当我吃得满口的好滋味和满心的好情绪的时候，厄运却突然降临了——冷不防中，家里那只自我进门以来一直被老婆冷落了的该死的波斯猫，竟"呼"的一下朝我扑了过来，然后，它便用它那尖利的爪子和牙齿，把我抓得和咬得遍体鳞伤……

县长来过咱们村

看着村委会那一帮人东张罗西采购的忙碌样，村民们便知道今天准是又要有上级领导来村里了。村民中那个平时最爱发牢骚的张大牛，在挑着一担粪去浇地路过村委会门口时，还忍不住脱口嘀咕了这么一句：嗨，咱老百姓今天又要义务献一回血了呢！

这么嘀咕着的同时，张大牛甚至还故意装出那种一不小心或者是力不从心的样子，让肩上的那担粪像醉汉似的晃了晃，从而在村委会的门口留下了那么点湿湿又臭臭的"纪念"。

这之后，张大牛便来到了靠近公路的他家的地头。但张大牛并没有立即动手给地里的那些油菜浇粪。浇什么呀，这些油菜就是长得再好，就是卖了最好的价钱，到头来还不是会被村里以这个税那个费的名义全给收缴上去，然后喂进来村里作所谓"检查"的那些上级领导那跟无底洞一般的肚子？张大牛想。因此，张大牛索性就靠着公路边的一棵树坐了下来，同时摸出来一支烟，眯起眼睛闷闷地抽了起来……

也就在张大牛快要将这支烟抽完了的时候，有个刚从一辆中巴车里下来的年轻人走到了他的身边，问：老乡，这儿是光荣村么？

没错。张大牛一边在鞋底上捻灭了手中的那个烟头，一边头也不抬地回答道。

请问去村委会该怎么走？年轻人又问。

这回，张大牛终于看了那年轻人一眼，然后告诉他说：我劝你还是别去那儿了吧！

为什么呀？

人家今天正忙哩。

忙？忙啥呀？

忙接待上级领导呢。

哦，是什么样的上级领导呀？

这可有些说不大准，得看待会儿打这儿进去的车子了——要是桑塔纳嘛，就是乡领导；要是奥迪嘛，就是县领导；要是……

张大牛说到这儿忽然闭了口。他感到眼前那个瘦不拉饥的、顶多像个大学生的年轻人问得太多了。他觉得，与其跟这年轻人这样毫无用处地拉呱下去，还不如快点去把那些粪给浇了呢——虽说是浇了也是白浇，可要是不浇，要是那油菜到头来卖不到钱，到时候拿什么去缴村里的这个税那个费呀？

这样想着，张大牛便将一只手撑到地上，准备起身了。

但那年轻人却在这时给他递来了一支烟，同时就在他的旁边也坐了下来，然后一边给他点烟一边道：老乡，我听你的，不准备去村委会了，不过我想跟你打听个事。

啥事？所谓"拿了人家的手短，吃了人家的嘴软"，已经点着了那支烟的张大牛，便只好耐着性子在那儿再多坐会儿了。

于是，那年轻人就又问张大牛道：我听说这光荣村还是县里的模范村？

大概是吧，村委会门口的铜牌牌多的是呢。

你是这光荣村的人么？

没错。

那你一定觉得你们光荣村很光荣吧？

光荣？可不是，只要是上级领导来，咱村里就总能有好酒好菜招待呢……

接下去，可能是手中的那支烟已经抽得差不多了的缘故，也可能是张大牛对那年轻人问的问题实在有些腻烦了，所以他便当机立断，决定真的是再也不跟这年轻人拉呱下去了——他就再次在自己的鞋底上捻灭了手中的那个烟头，然后从地上站起了身来，拍拍屁股上沾着的泥土，一边说一声"我还要浇地呢"，一边朝不远处的那担粪桶走了过去……

等到张大牛把他的那一担粪浇完，天上的太阳早已经是在当头了。他姥姥的，浇一担粪浇了老半天呢！抬头望了一眼天后，张大牛不由得这么自言自语了一声，然后就挑起那担空粪桶，晃悠晃悠地踏上那条来的时候走的路，回家去了。

快到村委会门口时，张大牛见村委会的那一帮人全伸长了脖子在朝他这边看，他就突然想起来今天是有上级领导要到村里来呢——对啦，我刚才既没见着有桑塔纳开过，也不看到有奥迪进来，原来是那上级领导到现在还没有到呢！

等吧等吧等吧，最好是等得你们这一帮人的脖子都再也缩不进去，个个变成长颈鹿呢！张大牛一边有些恶狠狠地这么想着，一边就又故意晃荡着肩上的那担粪桶——这同时，他甚至还有着这么种遗憾：要是我的粪桶现在还是满的那该有多好，那我就再晃荡得厉害些，让这些人模狗样、已变得只知道鱼香肉香和酒香的东西好好地闻闻大粪的味道——从这些人的面前旁若无人、大摇大摆地走了过去。

但紧接着张大牛又转过身走了回来，然后笑嘻嘻地对村委会的那一帮人说道：领导们是不是在等上级领导呀？怕是上级领导弄错了地方到别的村去了呢，因为，我刚才看到一辆叫不出名字来的小车，在咱们村村口停了停后又往北开过去了……

这当然是张大牛胡编的。张大牛在突然之间很是强烈地产生了这么种要捉弄捉弄村里的那一帮人的念头——反正是老子的"血"又一回就这么献出去了，而老是"义务"，老是只在自己心里叫疼，也实在是太窝囊、太他姥姥的了呢！

真的，在完成了这种捉弄之后，张大牛的心情是十分的兴奋又十分的欢快的。

不过，这之后，村里又发生了一件令张大牛更加兴奋和欢快的事情——那是在距这一天大约一个月之后，县里在光荣村召开了一次"整顿县、乡两级干部作风暨村民委员会改组试点现场会"。主持这次现场会的，是据说才上任不久的新县长，而这位新县长竟就是——竟就是张大牛那天在村口公路上见到过的那个瘦不拉饥、顶多像个大学生的年轻人……

过家家

上课了。这节课是活动课，按事先的计划，老师要组织班里的孩子玩一次"过家家"的游戏。

"小朋友们，我们都生在甜蜜中，长在幸福里，可是，大家要知道，为了我们，爸爸妈妈实际上都非常非常的辛苦，所以呀，我们今天就通过这个'过家家'的游戏，一起来表现和体会一下父母的辛苦，大家说好不好？"

"好！"听了老师的开场白，已在教室里围成一个圆圈坐定的孩子们异口同声地回答道。接着，这些差不多全是六岁的幼儿园大班孩子，便争先恐后地举起小手，要求到那圆圈的中央去扮演"爸爸"或"妈妈"的角色。但"爸爸"和"妈妈"都只有一个，所以，经过激烈的竞争，最后只有胖胖和英英两个孩子得到了上去表现的机会。

胖胖先上场。只见他很像个"爸爸"似的腆着个肚子，一边一摇三摆地走着，一边在嘴里拿腔作调地哼着："妹妹你坐船头，哥哥我岸上走，恩恩爱爱纤绳荡悠悠……"

旁边的老师十分意外，连忙叫停："胖胖你瞎唱些什么呀，这又怎么能表现父母的辛苦呢？"

胖胖却不以为然，说："我老爸就是这样辛苦的嘛。他还说，白天围着桌子转，晚上围着裙子转，真的是很累很累的呢！"

这时，不等老师同意，英英这位"妈妈"也迫不及待地上场了，她先是朝胖胖白了一眼，说："你还知道回这个家呀！"然后又自言自语道："要说累，我也一点不轻松，一天到晚搓麻将，快搓得我直不起腰、提不起手来了呢！"

接着——接着发生了一件令老师更加意外的事情：既不是"爸爸"

又不是"妈妈"的丽丽突然冲上前来，一把拉住胖胖的衣服，同时脱口就骂："你这个骗子！你不是早就说要跟这个黄脸婆离婚，再和我结婚的么？你为什么还不……"

看到这里，哭笑不得的老师不由得将头摇成了拨浪鼓。

白纸黑字

当初笔试结束后，我便很有些兴高采烈，而今又经过了面试，我就更是兴奋和欣喜得忍不住笑出了声来——都说这年头儿实在是人才难求，那些招聘大多数都不会有理想的结果，可本部门的这次招聘却无疑取得了巨大的成功，因为我有十二分的把握，肯定前来我这儿应聘的任金华是个不可多得的人才！

真的，任金华不仅笔试成绩在近百名应聘者中遥遥领先，而且在面试中所表现出来的口才、思路和魄力，都绝对是超一流的！

我自然不假思索便作出了要录用任金华的决定。

接着就紧锣密鼓地开始办理录用任金华的手续——手续的第一步，是去人才交流中心调阅任金华的有关档案材料。

但这时候出了问题：我怎么也不会想到，在任金华的档案中会有着这样的记录——某年某月某日，他因故与原所在单位领导吵架，居然一巴掌拍碎了领导写字桌上的台板玻璃！还有（那还是在他读高中的时候），一次考试中，他竟不顾考场纪律，转过头去偷看旁边座位上的同学的试卷，还不承认是在作弊……

哦，白纸黑字，清清楚楚地记录着任金华的"前科"呢！

为此，左思右想，我不得不动摇了对任金华的好感和信心：这样的一个人，录用他合适吗？虽然……咳，虽然是往事，我可不能对那白纸黑字视而不见、无动于衷啊！

于是，经再三权衡又权衡再三，原来极可能会在相当短的时间内即被我提拔到重要位置的任金华，便终于没有列入我的员工名单之中。

这之后，尽管我也常要为本部门那次招聘最终没能招到理想的人才而忍不住唉声叹气，而且偶尔也会想起任金华，并要为他居然有着那样的"前科"而深感遗憾，但我对任金华的印象，又毕竟是一天淡似一天了……

就这样过去了近半年时间。

这天，眼望着手中那张刚到的日报，我却又不禁目瞪口呆起来——该报头版头条上赫然登着任金华的照片，下面是一篇有关他的很长的通讯，说他应聘进 B 部门工作不到半年，便接连有了三项发明创造，而且……

此时此刻，那篇通讯我是实在有些读不下去了，而我嘴里则忍不住这样骂出了声："该死——该死的白纸黑字！"

一年四季的爱情

　　他与她是同事，而且是在同一办公室里工作的同事。因此，他与她的朋友们，便异口同声地都说他与她之间一定会发生故事——朋友们所说的"故事"，意思是十分明确又十分单纯的：那就是爱情。

　　是的，就连他与她本人，事实上也都从一开始就意识到了这样一点——从见到她的第一眼起，他心里便不由自主地"那个"了起来，以至常常会激动得心跳加快、两颊绯红；她也同样，只要一想到他，就会兴奋得小巧玲珑的鼻子上都冒出了细密的汗珠来……

　　哦，在那个春天，那个他与她从冥冥之中由不同的地方走进了同一个办公室的春天，他与她都相信，他们的命运，便将是那种春天般绚烂美丽的命运。

　　然后，尽管并没有谁马上去主动捅破那一层薄纸，但心有灵犀的他与她之间那种热烈又无言（甚至是无须有言）的爱，便有如春风春雨中的柳条，根本无须谁去安排或提醒，一下子就蓬蓬勃勃地发芽了，轰轰烈烈地泛绿了。而且，此后，随着炎热的夏天的来临，它更是显得那样的婀娜多姿，那样的风情万种……平时，只要一看到对方，或者哪怕只是听见了对方的声音，甚至只是想起对方的音容笑貌，他（她）就会有种自己是浸在了蜜糖里的感觉，就会觉得自己是这个世界上最幸运和最幸福的人，也就会发现自己工作起来是既特别的有劲又特别的顺利……

　　说到工作，他与她当然也跟他们的才貌一样，都是相当相当棒的。真的，他为领导起草的那些文件，几乎没有一个字是领导不大加赞赏的；而她所做的事情，大到一次大型会议的组织与安排，小到单位接待室中的一盆花的摆放，也件件都是叫领导和群众一致翘大拇指的……也正因为如此，当他们所在办公室的主任突然要被调走时，单位领导便不仅在第一时间里就做出了后任主任将"就地取材"的决定，而且，目标还十分明确地集中在了他与她两个人的身上。

那时候是秋天。单位大院里的那几棵石榴树上，正沉甸甸地缀满了火红的果实。于是，眼睛像雪一样亮的他与她的朋友和同事，就微笑着分别对他与她说道：所谓春华秋实，也该是你们俩收获爱情的时候了呢！

不错，那时候，他与她事实上也都已经做好了去收获他们的爱情的准备。确实是时候了啊！

然而，此后不久的领导的一次个别谈话，也仅仅是一次个别谈话，却又使他与她几乎是在一夜之间就形同路人了。不仅如此，因为那主任的位子，他与她甚至还各自在暗中做了不少的小动作——譬如瞒着对方去找领导，且还准备了大包小包和一肚子的称对方如此这般不是的话语……

这自然要令朋友和同事们大惑不解：你们俩谁做那主任，还不是一样的么？

怎么能说是一样的呢？这可是大是大非的问题呀！他这样回答，很含蓄又很坚定；而她则显得十分的心直口快：不！不一样就是不一样——这关系着我的理想和前途呢！

这时候，季节已悄悄地进入了冬天。大概正是这个原因吧，听了他与她的话后，朋友和同事们都不禁一下熄灭了脸上的微笑，同时都有一种寒冷的感觉。

是的，寒冷，冬天般的寒冷。

一技之长

想当年，姜东海可是走了不少的门路才被分进这家机关去坐办公室的。

那时侯"铁饭碗"很香，所以，姜东海虽然读的是机械制造专业，而且他那份大学毕业生登记表中的成绩栏里几乎全都是"优秀"，但考虑来考虑去，他还是觉得进机关最稳妥也最保险——自古以来，"吃皇粮"总是不吃亏的呢！

不过，在走了不少的门路——这过程中自然也花了不少的钱财——进了机关之后，渐渐地，姜东海便有些后悔起自己当初的选择来了。不错，坐办公室不仅待遇（特别是这样那样的福利待遇）有保障，而且还很轻松悠闲。但正是那种天长日久的轻松悠闲，又让姜东海不能不产生了一种虚度光阴的感觉。是的，尽管姜东海基本上可归入讲究实际和实惠一类的人，但那时的他毕竟正血气方刚、热情洋溢呵！于是，每当觉得实在太无聊了的时候，他就难免要这样独自感慨：唉，如此整天整天地一杯茶一支烟一张报纸下去，真不知道……

可"真不知道"也已经来不及了。所谓"早知今日何必当初"，又所谓"既来之则安之"，再说，在这样虚度光阴的又不是我一个人，所以，我还是做一天和尚撞一天钟吧！反正……

反正姜东海的办公室生涯就是这么回事。

反正，在如今的办公室里，别人叫姜东海早已经不是"小姜"而是"老姜"了。

有句俗话叫做"姜还是老的辣"。终于有一天，办公室里的人——特别是那几个小青年——便忍不住都拿这句最贴切不过的俗话，赞美起姜东海来了。

什么，你问姜东海是不是坐办公室坐出了经验来，已成为"老江湖"

一个了？不，不是这个意思。人们赞美姜东海"辣"，是因为他坐办公室坐出了名气来！

事实上，姜东海出名既是一种偶然又可能是一种必然。办公室里不是很轻松悠闲，不是常靠一杯茶一支烟一张报纸打发日子的么？没错，这很无聊。不过，正所谓"事在人为"，慢慢地，姜东海便将这种无聊变成了"有聊"——就说那看报纸吧，别人往往只是心浮气躁地翻一下了事，除非有自己感兴趣的文章才会去细读，这样看一张报纸，自然用不了多少时间，也自然是不可能会显得"有聊"的。姜东海呢，虽然他一开始时用的也是这样的看报纸法，可到了后来，他却是不再将看报纸仅仅看作看报纸，而是当成了自己每天必须平心静气地、老老实实地去做并且是得全部做完的一项工作。于是，哪怕是一张四开四版的小报，他至少也要交给它一小时的时间；哪怕是报纸中缝里的早已经过时了的天气预报，他也要逐字逐句地认真去读……也就在这种将一张报纸读得体无完肤的过程中，报纸上的那些错字啦、别字啦、病句啦，就统统都清清楚楚、明明白白地让姜东海给抓出来了！于是姜东海就会给有关报社打电话或者是写信。于是，这些报社便向姜东海表示感谢，便给姜东海发奖金，便邀请姜东海去参加报社的有关会议，便称姜东海是捉错别字大王，便……这样，也便有了办公室同事的赞美：嗨，真是姜还是老的辣呀！

当然，姜东海对此却只有苦笑。因为，想想那些当初去了工矿企业工作的同学，现如今早都起码也成了名副其实的工程师，姜东海便感到自己这个"捉错别字大王"实在是太窝囊也太可笑和可悲了，更何况眼下正在搞机构改革，自己很可能会被……

不过，姜东海最终还是很开心地笑了——没错，他在那机构改革的浪潮中被分流了，但他又很快便被当地的报社要了去，而且，他一去那儿就坐上了报社校对科科长的位子。

因为他这个学机械制造的人有捉错别字的一技之长。

情人节的伤心事

　　冯先生本是那种对潮流及时髦之类很是冷漠，且又很是不以为然的人，不过，这天，冯先生的心，却有点像那被初春的空气浸润的花草树木一样，忍不住有种蠢蠢欲动的感觉。

　　没错，走在大街上，在那种扑面而来的初春的气息里，街两旁的那些梧桐树虽然还是枝条上光秃秃的，但它们显然已不再慵懒，也不再寂寞——在那微微的春风中，它们纷纷东张西望着，似乎还在热烈地窃窃私语着……于是，原本心静如水的冯先生被感染了，他就也不由自主地边走边东张西望了起来，结果，满街醒目的"情人节"字样，便水一样流淌进了冯先生的眼眶……

　　原来今天是情人节！怪不得街两旁一下子冒出来了那么多如雨后春笋般的花店，也怪不得路上那些行人——特别是那些年轻的行人——的姿态，怎么看都像是服用过兴奋剂的呢。冯先生不禁想。这同时，他还抿着嘴唇微微笑了笑，不以为然地抿着嘴唇微微笑了笑——冯先生当然是知道情人节是怎么回事的，但一直以来，冯先生都觉得过这样的节也实在是太崇洋媚外了，至少也是一种对"节"的浪费，甚至是对"节"的亵渎。也就是说，冯先生还从来没有将这情人节当过一回事。

　　不过，今天，在不以为然地抿着嘴唇微微笑了笑之后，冯先生的心里，却又忽然起了要过一回情人节的念头。

　　因为冯先生忽然想起了他的老婆。冯先生的老婆是个很不错的老婆，当然，作为老公，冯先生同样是个很不错的老公。他们结婚已近10年——这近10年来，他们之间虽然也难免会有一些磕磕碰碰的事情发生，可总的说来，他们的生活是圆满和幸福的。这是冯先生的感觉。而且，冯先生还很有些感激老婆，因为，一直以来，家里的活几乎都是老婆一个人包干的，他呢，每天只须跟进出饭店与宾馆一样就是了……

想起这些，冯先生的心就在一时间热了起来——今天，利用今天这个特别的日子，给老婆送一束鲜花，表一表自己的心意，让她也高兴高兴，怎么样？

主意一定，冯先生便连忙兴冲冲地走进一家花店……

接着到了冯先生回家的时间。那时已是万家灯火。走在路上，那时的冯先生的心情，就像这万家灯火一样的灿烂。老婆此刻会在做啥？当她接过花店员工送去的那一束鲜艳的玫瑰，并且从那送花人的嘴中知道，这是做老公的我给她的礼物的时候，她会是怎样的一种心情？她到底会将那束玫瑰放在哪里呢——是结婚时朋友送的那个花瓶，还是我去景德镇出差时买回来的那个花瓶？她又会以什么样的方式，迎接我回家呢？

冯先生就这样到了家。

老婆却没有迎接的意思，那束鲜艳的玫瑰，则正歪斜着身子，无精打采地站立在客厅墙角的那个垃圾桶中。

这花为什么……冯先生说。

我不要这花，因为我不是你的情人。老婆说。

我是你的爱人。老婆又说。

情人不就是爱人么？冯先生说。

情人就是爱人？情人是爱人的敌人！老婆说。

情人是玩的，叫玩情人。老婆又说。

然后，老婆还说了许许多多的话，一直说到眼睛里泪水涟涟，一直说到一头倒在床上闷声不响……

这当然叫原本兴高采烈的冯先生很是伤心，十分的伤心，非常的伤心。

毛 病

这天，东风化工厂合成车间的一台从德国进口的机器，在开工后不久突然发出"喀嚓"一声，然后，里面的转轮就停止了转动！

听到车间主任的电话报告，厂长吴志欣连忙丢下手头正在看着的什么文件，火急火燎地赶到了车间。

那时侯，厂里机修班的钟师傅刚好从那台机器下面出来，见到一脸着急和紧张神色的厂长，满头汗水和油污的钟师傅便告诉吴志欣说："吴厂长，我已经检查过了，是小毛病——里边转轮上有一个螺丝由于松口而磨损了，所以转轮和轴承的连接便出了问题，不过不要紧，只要换上一个同型号的螺丝就没事了。"

"小毛病？真的像你说的这么简单？"吴厂长却一点也不相信。这同时，他显得十分果断地决定道："从现在起，谁也别去碰这台机器，我呢，马上通过互连网去跟生产厂家联系，请他们派专家来修理。"

听了吴厂长的话，钟师傅不由得又开了口："吴厂长，根本就用不着这么小题大做嘛，我保证……"

但钟师傅的话头立即就被吴厂长严肃又严厉地打断了："小题大做？你知不知道这台机器是我们花了近百万的美元买来的?！你保证？你可以拿什么来保证?！"

这么说完，吴厂长就头也不回地走出车间，回他的办公室上互连网去了……

应该说，吴厂长办事的效率实在是非常高的。这不，半个小时之后，吴厂长便在网上不仅与远在德国的那台机器的生产厂家取得了联系，而且还——敲定了请厂方来专家的人数、时间以及费用等等。现在，吴厂长决定再亲自去那车间走一趟，一方面把厂家很快就会派专家来修理那台机器的好消息告诉大家，同时再跟大家强调一下别去碰那台机器，以免碰出新的毛病来。

结果，吴厂长老远便听见了从那车间里传来的隆隆的机器声。于是，他不禁三步并作两步冲进了车间，大声命令道："关上！快把机器关上！"

"吴厂长，我已经将它修好了，你放心……"

"乱谈琴！要是这机器那么容易就能修好，为什么我们造不出来，而要靠进口？"说着，吴厂长就火凛凛地自己动手去关掉了那机器，同时铁板着脸宣布道："听着！在德国专家来之前，谁要是再乱动这台机器，我就当场叫他下岗！"

听了吴厂长的这番话，一旁的钟师傅一边用抹布使劲地檫着沾在手上的油污，一边忍不住默默地说了声："毛病！"